皇軍恋《こい》詩《うた》

紫の褥《しとね》、花ぞ咲きける

鳥谷しず

花丸文庫BLACK

皇軍恋詩《こいうた》　紫の褥《しとね》、花ぞ咲きける　もくじ

イラスト／緒笠原《おがさわら》くえん

東洋の一角で大小一万の島々からなる肥沃な国土を有し、万世一系の皇帝が二千年にわたり統治してきた神聖蓬莱帝国《しんせいほうらいていこく》。

洗練された独自の文化と高い科学技術力を誇る蓬莱が、第二次世界大戦後に国際連合に加盟して約八十年。絶対君主制を維持しつつも、西洋の文化や思想が怒濤《どとう》のように流れこみ、その余波が帝室の奥深くにまで及んだあいだに皇族のあり方は大きな変化を余儀なくされた。しかし、一方で、依然として変わらないものも存在する。

——たとえば「皇族三閥」の憎み合いがそれだ。

近衛《このえ》師団司令部庁舎の応接室へ通されてしばらく経《た》ち、出されたコーヒーを飲み干してしまった頃、トランペットやドラムの奏でる勇壮な音楽が聞こえてきた。

初夏の澄んだ空と、藍晶《らんしょう》が葺《ふ》かれた皇城の美しい青の煌《きら》めきを映す窓の向こうで「紺碧《こんぺき》の御旗《みはた》のもとに」が演奏されている。

第一近衛連隊が行進する際に必ず演奏されるそれは、蓬莱人なら誰もが幼い頃から日常的に親しみ、第二の国歌とも言うべき愛唱歌だ。耳に馴染《なじ》んだ旋律に誘われ、星華《せいか》は腰を下ろしていたソファから立ち上がり、窓辺へ歩み寄った。

黒と金のピッケルハウベを被《かぶ》り、深い瑠璃色《るりいろ》の制服に身を包んだ数十名の衛兵たちが、軍楽隊に先導されて庁舎の正門を出ていくところだった。

星華が纏《まと》う黒の上衣に乗馬ズボン、乗馬ブーツという陸軍の平常制服とはまったく異なる姿の衛兵たちは、青空に響きわたる行進曲に合わせて軍靴《ぐんか》を勇ましく踏み鳴らす。その様子を、門前の歩道にいつの間にか鈴なりになっていた国内外の観光客がカメラや携帯電話、タブレット端末などで興奮気味に撮影している。

星華は壁の時計を見やる。もう間もなく、近衛兵の交代式の時刻だ。

ここしばらくは帝都の外れにある陸軍戦史研究所にこもり、論文執筆に明け暮れる毎日だった。こうして帝都の中心街へ足を向けるのはずいぶん久しぶりだったとは言え、交代式の時間すらうっかり忘れてしまっていた不注意さに、星華は淡い苦笑を漏らす。

「失礼いたします、涼白《すずしろ》中佐」

ドアがノックされ、初めて見る顔の少尉がコーヒーカップを載せたトレイを手に入ってくる。年若い少尉は緊張しているらしく、トレイを持つ手が小刻みに震えていた。

「た、隊長は──青桐《あおぎり》大佐は、まだ休憩をお取りになれません。今少しお待ちください」

「それはかまわないが、もしかして大佐は交代式に出ておられるのか？」

「いえ。執務室にいらっしゃいますが、ご用が長引いておいでです。もし、中佐がお急ぎでなければ、大佐もお目にかかりたいと仰《おつしや》って──」

告げていた最中、コーヒーカップを取り換えていた少尉が手をすべらせた。

ソーサーの中でカップが倒れ、あふれたコーヒーがテーブルの上を濡《ぬ》らす。

「──あ。も、申しわけございません、殿下っ。どうか、……どうかっ、お許しをっ」

コーヒーはテーブルにこぼれただけで、窓際《まどぎわ》に立っていた星華には雫《しずく》すらかかっていない。なのに、若い少尉はすっかり顔色をなくしている。

大げさなまでに怯《おび》えきった態度を見せられて、星華はふと思い出す。研究所と自宅を往復するだけの日頃は意識しない、自分についての噂《うわさ》を。

陸軍に籍を置く星華は、戦史研究所所長の地位にある。就任したのはイギリス留学を終え、歴史学の博士号を携えて帰国した三年前の二十五歳のとき。中佐への昇進と同時だった。通常なら士官学校の出身者でも中尉になるかならないかの年齢で中佐となったのは、特別な功績によるものではない。星華が皇族──涼白宮《すずしろのみや》家の当主だからだ。

飛行機事故で両親を喪《うしな》った十八のときに家督を継いで以来、星華はいくつかの重要な宮廷行事に参列するほかは公の場には出ず、社交界とも距離を置いていた。それは単に金銭的な事情によるものだったが、世間では事実とは異なる噂が流れている。

涼白宮家の逼迫《ひっぱく》した経済状況は、皇族や一部の上級貴族のあいだでは周知のことでも、その狭い世界の外では違う。加えて「東洋一の花のかんばせ」と謳《うた》われ、蓬萊社交界の流行を牽引《けんいん》してきた母親とうりふたつの容貌のせいで、身を潜めるような暮らしぶりがよけいに奇異なものに見えたのだろう。

いつしか、世間では「涼白宮は人嫌いの変人の宮だ」と実《まこと》しやかに囁《ささや》かれるようになった。訂正するすべもなく、放置していたその噂が今どんな形を成しているのかはよく知らない。だが、少なくとも目の前の若い少尉は、星華をかなりの難物だと認識しているようだ。視線がちらちらと帯刀している長剣へ向いているので、もしかすると戦前の皇族軍人の特権だった無礼打ちを今時平然とおこなう異常者だと思われているのかもしれない。

「大事ない。気にするな、少尉」

星華は首を振り、やわらかな笑みを浮かべた。

「それより、代わりを頼めるのか？」

「──は、はい、殿下っ。ただ今っ」

星華は上背こそあるものの体軀《たいく》は細く、肌も白い。男らしい威厳に欠ける自分の姿には普段、少し不満を持っているが、役に立つこともたまにある。

少尉は強張《こわば》りをとかした顔を赤面させてテーブルの上を片づけると、すぐに代わりのコーヒーを持ってきた。青くなったり、赤くなったり、顔色をくるくると忙《せわ》しく変えた少尉の退室を微笑《ほほえ》んだまま見送り、星華は再び暇つぶしに視線を窓の外へ流す。

庁舎の前庭には歩兵に続いて騎兵隊が姿を現しており、それを喜ぶ観光客の歓声が窓越しに聞こえてくる。

皇城の正面中庭で毎日午後四時におこなわれる近衛兵の交代式は近年、蓬萊を代表する観光資源のひとつとなっていた。しかし、星華にはそんな人気を博す理由がいまいち理解できなかった。蓬莱軍の近衛兵が何か独特の珍しい行動をするわけでも、重大な国家行事や儀式の際のように、伝統衣装である衣冠束帯《いかんそくたい》姿の者がいるわけでもない。

なのに、一体何がこれほどまでに観光客を惹《ひ》きつけているのだろう。

不思議に思いながら首をひねったとき、星華の従兄《いとこ》で、第一近衛連隊の隊長を務めている青桐宮《あおぎりのみや》貴彬《たかあきら》大佐が現れた。

「ずいぶん待たせたようで、悪かったな、星華」

部屋に入ってきた貴彬はソファに腰を下ろし、優雅な仕種《しぐさ》で脚を組む。

今年で三十二歳になる貴彬は独身の美形皇族として、如月宮《きさらぎのみや》家の養嗣子・紫苑《しおん》と社交界の人気を二分している。数カ月ぶりに見るその顔はいつも通り端整で凛々《りり》しかったけれど、なぜか少し険しい色を宿していた。

「いえ、大佐。こちらこそ、お忙しいときにお邪魔して申しわけありません」

星華も窓辺を離れ、貴彬の向かいのソファに座る。

「邪魔に思うなら、こうして時間を割いて会ったりせずに追い払うさ」

眉間の皺《しわ》を消した貴彬は、「それで、今日はどうした？　こんな何でもない日に、お前が研究所から這《は》い出てくるとは珍しいな。よほどの一大事か？」と笑う。

「相変わらず、我が家の台所も火の車だからな。ない袖は一ミリたりとも振れないが、そ

か？」

「ほう。あんな鄙《ひな》びた僻地《へきち》から、俺の顔を見るためだけに、はるばる遠征してきたの

「相談事は特にありませんが、大佐のお顔を久しぶりに拝見したくなったので」

れ以外のことなら何でも相談に乗るぞ」

片眉を上げ、冗談めかした口調を投げてきた貴彬に、星華は淡い笑みを返す。

「生憎《あいにく》、さすがに私もそこまで暇ではありません。今日は、皇太子殿下にアリステア王国の建国史を進講するために参内しておりましたので、そのついでです」

「アリステアの建国史？　どうして、また？　野蛮な北方の海賊どもが、周辺諸国の財宝と美女を略奪して築いた血腥《ちなまぐさ》い歴史など、まだ十の殿下には早かろう」

「殿下のご希望だったんです。如月《きさらぎ》大佐から、アリステア海を制した海賊の物語をお聞きになって、ご興味を持たれたようで」

告げたとたん、貴彬は「如月大佐」に反応し、不愉快そうに眉を寄せた。

「まったく、あのちゃらけスパイの悪影響は考えものだな。殿下には他国の歴史よりもまず、蓬萊のことをしっかり学んでいただかなければならぬと言うのに」

一般国民と違い、皇族には姓がない。ゆえに皇族軍人は通常、便宜上の姓とされる各宮家の宮号に階級をつけて呼ばれる。皇族同士でもそれは同じで、礼儀でもある。

にもかかわらず、貴彬が公式の場以外では決して「如月大佐」と呼ぼうとはしない紫苑

はかつて、北欧の小さな海洋国家・アリステア王国の第三王子だった。

帝室から嫁いだ実母が現皇帝の姉だという縁で十歳のとき、継嗣に恵まれなかった如月宮家の養子として迎え入れられ、蓬萊人となったのだ。

煌めくアメジストの双眸《そうぼう》と、外国育ちゆえの気さくで華やかな笑顔。遙《はる》か遠い北欧生まれの美しい元王子を、国民が熱烈に歓迎してから十八年。紫苑は今や国民に最も愛される皇族になっていたが、帝室内での事情はまったく違った。

現在、世襲と一代限りを合わせて二十五の宮家が存在する皇族の世界には、皇太子妃や皇帝の養嗣子を決める際に常に揉《も》め、過去には死者も出る争いを繰り広げてきた三つの派閥がある。朝凪宮《あさなぎのみや》派の十宮家、高萩宮《たかはぎのみや》派の八宮家、そして北桔梗宮《きたききょうのみや》派の七宮家だ。

如月宮家はその「皇族三閥」のうちの北桔梗宮派。

属する閥が違えばそれを理由に紫苑を憎み、たとえ同閥であっても「帝室が保つべき神聖な純血を汚す存在」として疎《うと》んじている者は少なくない。

貴彬が継いだ青桐宮家は、北桔梗宮派とは特に折り合いの悪い高萩宮派だ。加えて、年齢の近さや美丈夫ぶりで何かと比較されることが多いために敵愾心《てきがいしん》を煽《あお》られるのか、貴彬は紫苑をひどく毛嫌いしている。だから、貴彬は陸軍情報局の局長である紫苑に対して「ちゃらけスパイ」や「海賊の子孫」などの蔑称を使うのだ。

「殿下は蓬萊史もきちんと学習されておられます、大佐。それからアリステアを海賊が建国したというのは誤った俗説で、実際は交易と漁業の拠点港から発展した国ですよ」

「だが、アリステア人が交易とニシン漁の合間に、略奪行為を働いていたのは事実だろう」

言って、貴彬は鼻を鳴らす。

「如月の嗣子としてのあやつの皇位継承順位は我々のそれ同様、大して意味のない飾りものに過ぎぬが、血統だけを見ればあの海賊の子孫は蓬萊国内では陛下のただひとりの甥《おい》で、しかも皇太子殿下は病弱であらせられる。野蛮な祖先の血が騒いで、よからぬことを企てねばよいがな」

「それはあり得ないでしょう。いくら何でも、お言葉が過ぎますよ、大佐」

苦笑交じりにやんわりと窘《たしな》めた語尾に、窓の向こうで大きく上がった歓声が重なる。

騎兵隊見物の観光客が、何やら騒いでいるようだ。

「――最近は、こちらへも観光客が集まるようになったんですね」

星華は、少しばかり強引に話題を逸《そ》らした。

涼白宮家も青桐宮家と同じく高萩宮派だ。しかし、学参院《がくさんいん》や士官学校で同期として過ごし、優しさに満ちたその気質を知っている星華は、紫苑に悪感情を持っていない。だから、紫苑への中傷は耳にしたくなかったし、他者を不当に貶《おとし》める貴彬を見るのも嫌だった。

「ほんの三日前から、いきなりな」

貴彬が、顔つきをさらに苦々しくして言う。

聞けば、旅行サイトへの「近衛兵を近くで見たいならここが穴場だ」という投稿が原因らしい。昨日などは大挙して集まった観光客で数百メートルにわたって歩道が埋まり、近衛兵が警察と一緒になって交通整理に奔走するはめになったそうだ。

「では、もしかして、今も観光客対策をなされていたのですか?」

「そうではない。今朝、吉里《よしざと》があのちゃらけスパイに連行されたのだ。まあ、正確には、あやつの部下に、だがな」

騎兵隊の中尉である吉里とは二、三度会ったていどだが、貴彬が目を掛けていた部下なのではっきりと覚えている。それだけに星華は驚いて、わけを尋ねた。

「北李《ほくり》の女スパイに引っかかって、皇城の警備情報を流していたらしい。おかげで、今日は朝から散々だった」

疲れたような息をはいてから、貴彬はふいに星華を見つめた。

「星華。お前、黴《かび》の生えた歴史書だけではなく、新聞にも目を通しているか?」

研究所の書庫の管理体制は万全だ。所蔵している書物にも古文書にも、黴など生えていないけれど、星華はいちいち訂正を入れたりせず「ええ」と返す。

「なら、あのちゃらけスパイが今、マスコミで『紫苑殿下、大活躍』だとか何とか、一斉にもてはやされているのを知っているだろう?」

「はい。千景川《ちかげがわ》に落ちた犬を、近くでうなぎ釣りをされていた如月大佐が救助したというあの記事のことですよね?」

そうだ、と貴彬は顎を浅く引く。

「まったく、忌々《いまいま》しい。あんな軽薄な痴《し》れ者《もの》をトップに据えている情報局に気づけたことが、上官である俺にはまるでわからなかったなど、屈辱以外の何ものでもない」

「しかし、大佐。いくら上官といえども、部下の行動を把握するには限度があります。それに、如月大佐は元々、戦時中に世界を震撼《しんかん》させた蓬萊陸軍情報局の陰惨なイメージを払拭《ふっしょく》するための広告塔のような存在ですから、こうした和やかな話が人口に膾炙《かいしゃ》するのは軍にとってても喜ばしいことではないでしょうか?」

ほかに掛ける言葉を思いつかず、慰めになるのかならないのか、よくわからないことを言ってみる。すると、「だとしてもだ」と貴彬は眉根を寄せた。

「いくら何でも、目立ちすぎだ。流れていたのが人間ならともかく、犬だぞ、犬! いまだかつて、うなぎと一緒に溺れかけの犬を釣り上げたなどという、こんな馬鹿《ばか》らしい話題で国内ばかりか海外のメディアまでをも、これほど大々的に賑《にぎ》わせた情報局のトップがいたか? そもそも、そこらの川べりで平民に交じって釣り糸を垂れていること自体が、信じがたいわ! 愚かにもほどがあると言うものだ」

貴彬はすべての怒りの矛先を紫苑に向けているようで、声高な批判を延々と続けた。

罵倒の連なりはなかなか途切れず、無言の愛想笑《あいそわら》いで聞き流しているうちに、やがて日が暮れた。夕食に誘われたものの、あまり楽しい食事にはなりそうにもなく、招待を受けるべきか否《いな》か迷っていたとき、星華の携帯電話が鳴った。

姉の水薙《みずなぎ》伯爵夫人藤華《ふじか》からだった。何やら困ったことになったと取り乱していたため、それを口実にして星華は貴彬のもとを急ぎ足で逃げ出した。


「大粒のサファイアのイヤリング？」

「ああ。周りを十八個のダイヤが縁取っているものだ。この辺りで流れていないか？」

問いかけた星華を、質屋の店主がじろじろと眇《すが》め見る。

「何、あんた、警察の人？」

「こんな格好《かっこう》の警察がいるか？」

少しでもたじろげば怪しまれる。星華は堂々と一般市民の振りをした。

用意を頼んだ家令には「まるでキノコでございますよ」と不評だったモップ・トップの鬘《かつら》を被って眼鏡《めがね》を掛け、洗いざらしのシャツとジーンズを纏った格好で。

能力に関係なく特別扱いをされる皇族だからこそ、星華は皇軍の一員として恥ずかしくない存在であることを自らに課し、格闘術や射撃の訓練は怠らない。だから、腕に自信はあっても、治安の悪い湾岸特区へ足を踏み入れるのは初めてで、二軒目までは少し緊張した。けれど、もう七軒目だ。だいぶん慣れた。

「いるかって、そりゃいるだろ。警察は、色んな格好で特区《ここ》へ潜入してくるからな」

店主は口ひげをねじり上げ、小馬鹿にしたふうな眼差《まなざ》しを星華に送る。

「……そうか。だが、俺は違う。サファイアのイヤリングを買いたいだけだ」

「生憎、うちにはないね」

「では、どこにあるか、知らないか？　売りに出されたらしいと噂を聞いて、どうしても手に入れたいという人物がいるのだ。情報料は弾むぞ」

一昨日の夜会で盗まれたイヤリングが、この街のどこかにあるという確信はないまま鎌を掛けてみたが、反応はこれまでの店と同じだった。

「そう言われても、知らないねぇ」

そっけなく告げて、店主は店の奥へ引っこんだ。

七軒目の質屋を、星華はすごすごとあとにした。そして、蓬萊人よりも外国人の姿が目立つ狭い路上で小さくため息をつき、次の質屋を探した。

『昨夜《ゆうべ》の鹿島《かしま》侯爵邸での夜会で、イヤリングを盗まれてしまって……。あれは先の皇太后様より賜った水薙家の家宝なの。このことが夫やお義母様《かあさま》に知られたら、わたくし離縁されてしまうわ』

昨日、水薙伯爵邸を訪ねた星華に、藤華は困り果てた顔でそう訴えた。

蓬莱の上流社会では、結婚と恋愛はべつものとして扱われる。最近は戦前とは違い、恋愛結婚も増えてはいるものの、互いに恋人や愛人を持つ夫婦のほうが一般的だ。

藤華も結婚後に多くの浮名を流しており、一昨日の夜、鹿島侯爵邸での夜会で出会った美男の伯爵と電撃的な恋に落ちたそうだ。そして、物陰での情事を愉《たの》しんだあと、同行していた侍女に指摘され、イヤリングの紛失に気づいた。

水薙家の家宝であるそのイヤリングは、夫が仕事で、義母が旅行で海外へ行き、留守なのをいいことに、藤華が勝手に持ち出したものだ。

慌てて鹿島侯爵夫妻に助けを求めてすぐ、とんでもないことが発覚した。伯爵だと名乗ったあの男は変装名人の怪盗翡翠《ひすい》で、戦果を自慢する報告状が侯爵のもとへ届いていたのだ。その夜は、藤華以外にも大勢の貴婦人が被害に遭ったらしい。

十九歳のとき、涼白宮家への資金援助と引き換えに新興貴族の水薙伯爵家へ嫁いだ藤華は、結婚直後の病気が原因で妊娠できない身体《からだ》になった。姑《しゅうとめ》である元伯爵夫人はことあるごとに離婚を勧めたが、伯爵は母親の言葉には従わなかった。皇族出身の妻を「社交界でひけらかすことのできるブランド品」として大切にしていたからだ。

しかし、勝手に持ち出した家宝を、怪盗とのセックスの最中に盗まれたと知れば、さすがに伯爵も愛想を尽かすかもしれない。伯爵が湯水のように与えてくれる金や宝石なしでは、もはや生きられなくなっている藤華は、そうなることをとても恐れていた。

『不名誉な離婚も、惨《みじ》めな貧乏暮らしも絶対に嫌。それに、今さらわたくしが出戻ったりしたら、星華さんだって困るでしょう？　だから、お願い。イヤリングを取り返してちょうだい。夫やお義母様が帰国するのはひと月後だから、それまでに』

星華は後妻腹の嫡男で、父親には病死した前妻とのあいだに四人の女子がいた。彼女らと星華の母親との相性は悪く、その険悪な関係のしわ寄せを受けて星華は異母姉たちの虐《いじ》めの標的になった。だが、二番目の姉の藤華だけは優しくしてくれた。

父親に似て贅沢《ぜいたく》好きで、一年中軽はずみな恋に浮かれているけれど、星華にとって藤華は心を許せる唯一の肉親だ。離婚の危機に怯える藤華を助けたくて、イヤリングの捜索を引き受けたものの、捜し出せるかどうか、正直なところ自信はなかった。

事情が事情なだけに秘密裏に事を運ばねばならないが、星華には盗品捜査の術《すべ》などない。貴彬をはじめ、それなりに親しい者が幾人かいはしても、こんな込み入った話ができるほどの仲ではなく、結局ひとりでどうにかするしかなかった。

ちょうど今日は祝日だったため、まずは盗まれた貴金属の大半が集まるという噂のある湾岸特区へ、変装して行ってみることにした。怪盗翡翠にとって盗みはただのゲームらしく、盗んだ品はすぐにただ同然で闇市場へ放り出すとインターネットに書かれていたからだ。真偽のほどは不明だが、今の星華にはそれが唯一摑《つか》めた藁《わら》だった。

皇位継承順位の低い星華には、常に張りついている護衛などいない。だから、変装道具の調達を頼んだ家令にそんなものが必要な理由をごまかしてしまえば、こうして行動するのは容易だった反面、イヤリングの捜索は難航していた。ほかに方法もないので、目につ いた端から質屋を当たっているが、今のところ手がかりは何も得られていない。

『さあ、皆さん！　こちらが三日前、雨の翌日の千景川の濁流に呑《の》まれかけたところを紫苑殿下にタモで掬《すく》われ、命も救われたトイプードルのこげぱん君、そして飼い主の月山耕《つきやまこう》太《た》君です！』

ふいによく知った名前が聞こえてきて、星華は賑わう雑踏を縫っていた足をとめる。

電器店の店先に置かれた液晶テレビに、女性リポーターと小さな黒い犬を抱いた少年が映っていた。

『紫苑殿下の釣り好きは、皆さんもご存じのことでしょう。ですが今回、我々の総力取材で得た情報によりますと、紫苑殿下は特に川でうなぎを釣るのがお好きらしく、何とこの千景川にもよくお忍びでいらっしゃっているとか！』

興奮気味にそう告げて、リポーターが「耕太君」と少年を呼ぶ。

『こげぱん君が殿下に助けられたときのこと、教えてくれるかな？　千景川の河原《かわら》は、こげぱん君の毎日の散歩コースだったんだよね？』

少年はこくりと頷《うなず》く。

『こげぱんはまだ子供だからすごくやんちゃで、あのときはいきなり川へ飛びこんで、流されちゃったんです。川は濁流ってほどじゃなかったですけど、僕は泳げないから助けに行けなくて……。それで、誰か助けてって叫びながら河原を走って、こげぱんを追いかけていたんです。そしたら、釣りをしていた紫苑殿下がタモをさっと取り出して、こげぱんをぱぱっと掬ってくれました。すごく格好よかったです！』

『殿下はタモをお持ちになられても、素敵な王子様なんですね！　私もぜひ拝見したかったです！』

『えっと、それから殿下は、ぐったりしていたこげぱんに人工呼吸をしてくれました』

『まぁ！　溺れたわんちゃんに躊躇《ためら》わず人工呼吸をされるなんて、殿下は何とお優しい方なんでしょうか！　それにしても、殿下に人工呼吸をしていただいたこげぱん君が羨ましすぎます！』

リポーターは紫苑の口づけを受けた犬をひとしきり羨ましがったあと、思い出したように少年へマイクを向けた。

『ところで、耕太君はこげぱん君を助けてくれた方が紫苑殿下だっていうことは、すぐにわかったの？』

『ううん。あとでお父さんとお母さんから聞いて、びっくりしました。あのときはこげぱんのことばっかり気になって、お礼が言えなくて……。昨日、宮内庁《くないちょう》へ手紙を出したんだけど、ちゃんと殿下のところへ届くかな？』

『大丈夫！　絶対届くし、殿下はきっと読んでくださるわよ！』

『だと、いいな』

紫苑に心酔しきっているらしいリポーターに太鼓判を捺《お》され、少年が淡く笑う。はにかんだ笑顔につられ、星華の頬もゆるみかける。けれどもその寸前、「けっ。何が『だと、いいなぁ』だ」と吐き捨てられた野太い声が鼓膜に刺さった。

「国民から搾りとった税金で贅沢三昧するしか能がないきんきら王子様の、ただの気まぐれじゃねえか。なぁに舞い上がってんだか、アホ臭い」

「まったくだ。どうせなら、犬と一緒に海へでも流れていきゃあよかったんだ」

皇族へのあからさまな反感を耳もとで聞かされ、星華は我に返って足早に歩き出す。今は「紫苑殿下のトイプードル救出物語」にほのぼのしている場合ではない。ここへ来た目的を果たすべく、星華は次の質屋を探した。

昼間から洪水のようにあふれるネオンサインや、人いきれ。揮発したアルコールやタバコの臭い。あちらこちらから聞こえてくる様々な国の言葉。それらが渾然《こんぜん》一体に混ざり合う路地を、人ごみをかき分けて進んでいると前方に質屋らしい看板が見えた。

足を速め、その店へ入ろうとした直前、いきなり背後から右腕を強く摑まれた。

驚いて振り向き、大きな紙袋を抱えてそこに立っていた人物を視界に捉えた瞬間、星華はぽかんとまたたいた。

フード付きの長袖Tシャツとジーンズ姿の逞《たくま》しい長身。目深《まぶか》に被ったメジャーリーグキャップからのぞいている黒髪は少し長めで、鼻梁の高さと頬から顎にかけての秀麗なラインを強調しているかのようなサングラス。

一見するとどこにでもいる若者のようだが、そうではないことはすぐにわかった。

一番最近その姿を間近にしたのは、五カ月前に皇城で催された新年祝賀祭だ。しかし、それでも見間違いようなどなかった。自分の腕を摑んでいる長身の男は、たった今テレビで褒《ほ》め称《たた》えられていた如月宮家の養嗣子・紫苑だ。

「ちょっと来い」

紫苑は低い声で囁くように言って、星華を人影のない細い路地へ引っ張りこんだ。

「こんなところで何をしてる。しかも、そんな妙ちくりんな格好で」

砕けた口調のその問いかけは、星華の変装を見破り、正体を認識した上で発せられているとはっきりわかるものだった。

「……格好がおかしいのは、大佐も同じでしょう?」

突然の出来事に気が動転し、そんな言葉しか出てこなかった。

「俺はべつにおかしくない。ここへ買い物に来るときは、いつもこんな格好だ」

軍服やスーツでは浮くからな、と笑って、紫苑は星華の腕を放す。

「ここで買い物……、ですか？」

「ああ。よく、と言うほどではないが、たまに来る。普通の街の店より、俺好みの面白いものが色々と置いてあるからな」

そう告げた紫苑が手にしている紙袋には、揚げ物でも詰められているのか、食欲をそそる香ばしい匂いがした。

周囲に従者らしい姿はなく、星華は「もしかして、今おひとりですか？」と尋ねる。

「当然だろ。口うるさいお目付役がいたら、屋台で気軽に買い食いもできない」

かつて外国人居留地だったこの地区は、帝都の中でも独特の雰囲気を持つ街だ。戦後に貧民窟化したあと、海を隔てた隣国の唐国《とうこく》から渡ってきた移民商人たちと、いつの間にか住みついたアジア系マフィアの手によって再興したためだ。食料品や日用雑貨から目の眩《くら》む豪華な宝飾品、果ては様々な目的の「人間」まで、あらゆる物が豊富に流通するここは、常に煌《きら》びやかで妖しい光を放って人々を惹きつけている。

警察のマフィア対策がそれなりの功を奏し、ひと頃のようなあからさまな犯罪の臭いが消えてからは、この街でしか味わえない享楽を求めて足繁く通う貴族や富豪も珍しくないと聞く。だが、さすがに皇族の遊び場には不適切な場所だ。

「こんな場所へおひとりで出入りされるのは、お控えください。危険です」

自分のことは棚に上げ、思わず咎《とが》める口調を返すと、「お前だってひとりだろ」と紫苑はおかしそうに片頰で笑った。

「それより、さっきから気になっていたんだが、その肩の凝る話し方はやめてくれ。普通に話せよ。同い年の同族に、敬語は不要だろ」

直接、口をきくのは子供の頃以来だ。なのに、何の蟠《わだかま》りもない気安い求めに、星華は戸惑いと嬉《うれ》しさを半分ずつ感じながら、視線をわずかに落とす。

「それはできません」

「どうして？」

「殿下は大佐で、私は中佐ですので」

「勤務中の公の場ならともかく、お互いにこんな格好でのプライベートだぞ？　階級なんて関係ないだろう」

「いえ、あります。軍人はどこにいようと、いついかなるときでも軍人であり、軍人にとって階級は絶対です」

「相変わらず、融通のきかない奴《やつ》だな」

ため息交じりに言って、紫苑がふいにサングラスを取った。

息を呑まずにはいられない美貌が、いきなり眼前に近づいてきたからだろうか。

あるいは、初めて会った子供のとき、吸いこまれそうに美しいと思い、魅入られた深いアメジスト色の双眸で、まっすぐに見据えられたからだろうか。

金龍

首筋がざわざわと粟立《あわだ》ち、星華はひどく落ち着かない気分になった。

「なら、命令する。今すぐ敬語をやめろ。いいな、星華」

紫苑は星華を「中佐」でも「涼白宮」でもなく、ごく当然のように名前で呼んだ。

臣下が国王の名を口にしても不敬には当たらないおおらかな国で十歳まで育った感覚が、いまだに抜けていないだけかもしれない。だが、子供の頃と変わらない呼びかけに、星華の胸は弾んだ。そして、大人になった紫苑の声が自分の名を紡《つむ》ぐのを初めて耳にし、一瞬、状況も忘れて何だかふわふわと不思議な気分になった。

「……わかった」

よし、と紫苑が満足げに頷き、再びサングラスをかける。

「で、ちんちくりんのキノコに化けて何をしてたんだ？」

「……社会見学だ。ここがどんな場所か、一度、自分の目で見ておきたかったんだ」

本当のことを話したところでそれを紫苑が吹聴《ふいちょう》して回るとは思えなかったが、身内の不始末を大っぴらにするのは躊躇われ、星華は答えをごまかした。

「質屋ばかりを巡って、どんな社会の見学ができるんだ？」

「……あとを、つけていたのか？」

「ストーカーみたいな言い方するなよ。お前が危なっかしいから、単独決行中だったせっかくの屋台グルメツアーを中断して、見守ってやっていたのに」

「見守りなど必要ない。俺は軍人だ。自分の身は自分で守る」

「なら、さっきの質屋、どんな店かわかった上で、あえて入るつもりだったのか？」

盗品を扱っている店だ、と注意を受けるのかと思ったが、聞こえてきたのは予想外の言葉だった。

「あそこの店主の本業は拉致と人身売買だぞ？　男女問わず若い美形の蓬莱人を拉致し、性奴隷として外国へ輸出している組織の一味だ。何も知らずに店へ入って、運悪く店主の眼鏡に適《かな》い、そのまま自分が商品になった被害者もひとりやふたりじゃない」

「何……？」

驚いてまたたいた星華に、紫苑は険しい声音を作って続ける。

「頭はキノコでもその見目麗《うるわ》しいお姫様顔じゃ、お前も間違いなく店に入ったが最後、出てこられなくなっていたぞ。唐国の麻薬王とも繋《つな》がっているらしい、かなりイカれた犯罪者集団だからな。切羽詰《せっぱつ》まって身分を明かしたところで、動じるどころか、売値が吊《つ》り上がると喜ばれただけだろう」

まるで、襲われれば勝ち目はないと断言する口調だ。軍人としてのプライドを傷つけられ「そんなことはない」と反論しかけて、しかし星華はやめた。

よく考えてみれば、確かに紫苑の言う通りかもしれないと思ったのだ。治安の悪い場所だという認識はあっても、それほど深刻には捉えていなかったため、銃剣の類《たぐい》を何も携帯していない。いくら腕に多少の覚えがあっても、丸腰の状態で、武器を持った犯罪者にそのテリトリーで襲撃されれば、無事でいられたかどうかは定かではない。

「……そう、か。どうやら助けられたようだな。礼を言う」

「気にするな。礼がほしくてしたわけじゃない」

明るい笑顔を向けられ、星華も淡い微笑みをぎこちなく浮かべて質問する。

「それにしても、どうしてそんな輩《やから》が野放しにされているんだ？」

「野放しというわけじゃない。警察がずいぶん前から目をつけているが、バックやコネクションが複雑すぎ、なかなか黒幕の姿が見えないせいで、うかつに手を出せないんだ。店主やその周辺の協力者だけを逮捕しても、ただのトカゲの尻尾《しっぽ》切りになり、被害者全員の救出も難しくなるからな」

「詳しいんだな。捜査には情報局も協力しているのか？」

「いや、情報局は関係ない。個人的な危機管理の一環だ」

「個人的な……？」

「ああ。俺にとって、こういうひとり遊びは、いくらやめろと言われてもやめられない気晴らしだ。だが、ひとりでぶらぶら徘徊《はいかい》している最中に万が一のことがあれば、大勢の人間に迷惑がかかる。だから、近づいていい場所とそうではない場所についての情報収集は怠らない」

そう告げて、紫苑はやわらかく笑う。

「それで、お前は質屋で一体何を捜しているんだ？　優等生皇族のお前がこんな場所を、おっかなびっくりひとりでのぞきに来たのには、よほどのわけがあるんだろう？　言ってみろよ。俺で力になれることなら、協力するから」

ネットの海で漂っていた不確かな情報しか縋《すが》るものがない星華の耳に、自信ありげな紫苑の声がとても力強く響く。

「ちゃんと話したら、これをやろう」

あでやかな笑顔とともに、紫苑が紙袋から揚げ菓子を取り出してみせる。

「お前は食べたことがないだろうが、一度口にすれば病みつきになる美味《うま》さだぞ。ほら、星華。これを食わせてやるから、喋《しゃべ》ってみろ」

笑い和んだ穏やかな口調に、緊張感がほぐれてゆく。

鼻先へ漂ってくる香ばしい匂いに釣られるようにして、目の前に垂らされ、魅惑的に煌めく救いの糸を咄嗟《とっさ》に摑もうとした寸前だった。

「見つけましたよ、紫苑様！」

素早く走り寄ってきたスーツ姿の男が、紫苑の横に立つ。

星華たちと同年代に見える、理知的な顔立ちの男だ。

「どれだけお捜ししたと思ってるんですか、まったく。いかがわしい場所へのお出かけが駄目だとはもう申しませんから、せめて誰か供をお連れくださいとあれほど――」

眉をひそめてまくし立てていた男が言葉半ばでふいに星華に視線をとめ、目を瞠《みは》る。

「……涼白宮様？」

ぎょっとしたような眼差しを向けられ、星華は我に返った。

子供の頃と同じようにあまりにさり気なく手を差し出されたので、ついうっかり助けを求めたくなったが、自分たちはこんなふうに馴《な》れ合っていい間柄ではない。

心の底に秘めた感情がどうであれ、周囲がそれを許さない。

「――よけいな詮索はやめていただきたい、大佐。不愉快です」

如月宮家の使用人らしい男に諍《いさか》いの最中だったかのように見せかけるため、星華はわざと冷ややかに吐き捨て、足早にその場を去った。


翌日は夕方から雨が降りはじめた。研究所を出るときにはまだ密《ひそ》やかだった雨音は、部下の運転する車が涼白宮《すずしろのみや》邸の門前へ到着する頃には、ずいぶんと強くなっていた。

玄関までの短いアプローチを、星華《せいか》は傘を差して速足に歩く。広大な屋敷だった旧涼白宮邸とは違い、現在、星華が住まいにしているのは「宮邸」と呼ばれると気恥ずかしくなるほどの小さな平屋の洋館だ。当然、車寄せなどない。

涼白宮家を含めたいくつかの宮家が直面している困窮は、西洋の文化・思想の流入によって起こされた帝室改革に端を発したものだ。

この一世紀ほどのあいだに、皇族のあり方は様々な変化を遂げた。

臣籍降下を条件に平民や外国人、さらには同性との婚姻が認められたり、側室制度が廃止されたり。あるいは、成人後は軍人となるか出家するか以外に道がなかった皇族男子に、職業選択の権利が与えられたり――。

国庫を圧迫するほどの巨額になっていた皇族歳費の廃止も、そのひとつだ。

それまで宮家の財政は皇帝と皇族の権力の差を明確にするため、完全に国家の管理下にあった。公私にわたるすべての費用を支給される代わりに、皇族には貴族が所有するような領地はなかったし、株券や不動産を売買することもできなかったのだ。

優雅な生活を保障すると同時に不自由さを強いてもいた皇族歳費が、在位中の皇帝の直系をのぞいて廃止されることが決まった半世紀前、各宮家の当主には領地と特別賜金《しきん》が個人資産として与えられた。初めて持つその私的資産を、大半の宮家は無難に運用した。しかし、中には著しい経済的才覚を発揮して巨万の富を手にする者や、その逆で短期間のうちに財産のほとんどを失ってしまった者もいた。

前者の代表格が、蓬萊《ほうらい》だけでなく、世界各国の新聞社やテレビ局を複数所有するメディア王となった如月宮《きさらぎのみや》家の前当主。そして、後者の代表格は星華の父親だ。

母親と共に飛行機事故で急逝した父親が生前の放蕩《ほうとう》三昧で築いた借財の山の額を知ったとき、星華は両親を一度に喪った悲しみも忘れて途方に暮れた。

親類縁者からの援助の申し出はなくはなかったが、受けなかった。自分の若さを侮《あなど》る彼らの狡猾《こうかつ》な目を、信頼する気になれなかったからだ。

個人的にはしきたりと伝統に雁字搦《がんじがら》めにされた皇族の世界を息苦しく感じていたため、一時は継承権を放棄し、臣籍へ降下することも考えた。だが、悩んだ末、星華は涼白宮家の新しい当主となった。涼白宮家の消滅によって「皇族出身」の肩書をなくした藤華《ふじか》が水薙《みずなぎ》伯爵に不要品と見なされ、離縁されることを危惧したためだ。

領地や邸宅、貴金属を売り払って父親の借金を返済し、この小さな館へ移り住んだ星華の手元に残ったのは忠義立てをしてくれた年老いた家令とふたりの使用人、そしてごくわずかな現金だけだった。

「お帰りなさいませ、宮様」

「ああ。ただいま」

いつも通りの慇懃《いんぎん》さで出迎えてくれた老家令の時末《ときすえ》に、星華は力ない笑みを返して制帽と帯刀していた長剣を渡す。

「どうかなさいましたか？　何やらお疲れのご様子ですが……」

盗品が出回る湾岸特区の質屋を闇雲に当たってみるという捜索方法が、かなり無鉄砲なものだったと思い知ってから丸一日。ひとりで秘密裏にイヤリングの行方《ゆくえ》を追う新たな方法をずっと考えていたけれど、いい案は何も浮かばなかった。

やはり自分には無理だと投げ出す気は毛頭ない。しかし、どうすればいいか、さっぱり見当がつかない。ひと月というタイムリミットがあるだけに、せめて自分より遙かに世慣れた時末にだけは打ち明け、何か助言を受けたいと思わなくもなかった。

だが、時末はもう七十が近い。ただでさえ、貧乏宮家の台所事情で年中、頭の痛い思いをさせているのに、心痛の種を増やすわけにはいかない。

星華は、つい漏らしそうになったため息と弱音を呑みこんだ。

「何でもない。この雨が少し憂鬱なだけだ」

「雨なら、今夜のうちに上がるそうでございますよ」

時末は目尻に優しい皺を刻んで言う。

「ところで、宮様。陸軍経理局の松葉《まつば》中尉とおっしゃる方をご存じですか？」

──松葉中尉。まったく、耳馴染みのない名だ。いや、と星華は首を振る。

「その中尉が、どうしたのだ？」

「つい五分ほど前にお見えになり、宮様にどうしてもお伝えせねばならない火急の用があるとか……。一応、客間へお通ししておきましたが、お会いになられますか？」

少し迷ったが、何の用か気になった。客間へ足を向けてみて、星華は驚いた。

そこにいたのは昨日、湾岸特区で会った紫苑《しおん》の使用人だった。

「突然お邪魔いたしまして、申しわけありません、殿下。昨日はご挨拶もできず、大変失礼いたしました」

人好きのする和やかな笑みを浮かべ、丁寧な物腰で詫《わ》びた松葉の顔は、改めてよく見てみると昨日が初対面ではないように思った。松葉という名に聞き覚えがないのは確かだけれど、どこかで会ったことがある気がするのだ。

しかし、記憶を探る作業は、松葉が続けて発した言葉によって中断した。

「こんな雨の夜に重ねて申しわけありませんが、これから私の主人のところへお出でいただけますか？」

「……卿《けい》の主人とは如月大佐のことか？」

「そうです、殿下」

「卿は経理局の者であろう。なのに、大佐に仕えているのか？」

「はい。縁あって、大佐のお屋敷に住まわせていただいております」

「……それで？　なぜ、私が大佐に会いにいかねばならない？」

状況がよくわからず、どう応じればいいか咄嗟に判断がつかなかったので、とりあえず敵対派閥らしく不愉快を装《よそお》ってみた星華に、松葉は笑んで言った。

「内密で殿下にお話しされたいことがおありだそうです」

「どんなことだ？」

「私はただの使いですので詳しくは存じませんが、イヤリングの件だとお伝えするように仰《おお》せつかりました」


如月宮邸は皇城からほど近い、皇族や貴族の屋敷が立ち並ぶ一画にある。しかし、松葉の運転する車で連れていかれたのは、海沿いの城館だった。

紫苑が個人で所有している別邸らしい。ここに住んでいるという松葉の話では、城館自体はこぢんまりしているが敷地は広大で、美しい薔薇園《ばらえん》や人工の川まであるそうだ。

両脇に門番小屋が建つ錬鉄の門をくぐった車は、敷地内に敷かれている道路をさらに十分ほど走り、城館に到着した。松葉の案内で玄関ホールを抜けて胡桃《くるみ》の木の螺旋《らせん》階段を上り、二階の一室に入ると、星華と同じ陸軍の平常制服を纏った紫苑が待っていた。

「雨の中をわざわざ呼び出して悪かったな、星華」

自分の向かいのソファへ座るよう促し、紫苑は「お前は軍服のほうがいいな」と笑う。

「キノコ頭の妙な格好より繊細な花のかんばせが映えて、ずっと麗しい」

ただの冗談なのか、真面目《まじめ》に発せられた社交辞令なのか、判然としないその声音は、べつに不快ではなかった。だが、返事に困り、星華はかすかに眉を上げる。

「……大佐も軍服だと凛々しく見えますよ」

「敬語は使うなと言ったはずだぞ。もう忘れたか？」

「……用は？」

「蝶名橋《ちょうなばし》が伝えただろう。お前の姉君のイヤリングの件だ」

やはり湾岸特区での質屋巡りの理由を、紫苑は知っているようだ。

藤華はイヤリングを盗まれたことは、星華と夜会の主催者の鹿島侯爵夫妻のほかには、信頼している侍女にしか告げていないと言っていた。なのに、一体どうやって調べ上げたのか不思議だったが、同時に「蝶名橋」という名も耳に引っかかった。

誰のことだと問いかけて、星華はようやく思い出した。松葉と名乗ったあの中尉だ。彼は学参院時代のクラスメイトで、当時は蝶名橋という名だった。ずばぬけて優秀だったが、皇族と貴族のための学院へ中等科から特別推薦で入学した貧しい平民だったせいで、酷《ひど》い虐めにあっていた。しかし、そのつど、手を出した者に紫苑が「抵抗できないとわかっている者を寄ってたかって苛《さいな》むなど、それでも栄《は》えある帝国貴族か！　恥を知れ！」と激烈な制裁を加えて回っていたので、表立った虐めはやがてやんだ。

そんな経緯から蝶名橋は紫苑を慕い、いつしか従者のような存在になっていた。学参院で大学まで進むはずが、中等科を首席卒業すると紫苑のあとについて士官学校に入ったほどだ。任官後のことは知らなかったけれど、主従関係はずっと続いていたらしい。

「蝶名橋は今は松葉と名乗っているようだが、婿養子にでも入ったのか？」

「いや。経理局に潜りこんでいるあいだだけ、身分を偽っているだけだ」

「潜りこむ？」

「ああ。あそこにはテロリストの協力者がいる」

「もしかして、蝶名橋は情報局の人間なのか？」

「何だ。知らぬ仲でもあるまいに、あいつはそれすら話していないのか？」

ソファの背にもたれかかり、紫苑はおかしげにアメジストの双眸を細めた。

「お前が暇さえあれば庭の中の川で釣りをしているとか、ここまでの道すがらで聞いたのは、そんなことだけだ。おかげで今この瞬間まで、蝶名橋だとは気づかなかった」

「まったく、わからなかったのか？　何年も同じクラスで学んだのに、薄情な奴だな」

「仕方ないだろう。俺はお前と違って、蝶名橋とはほとんど話したことがないんだから」

「まあ、それもそうだな」

笑って頷いた紫苑は「ところで、星華。今度、お前も一緒にどうだ？」と右手をすっと前へ伸ばして、釣り竿《つざお》を操る仕種を見せる。

「釣りはしたことがない」

「なら、教えてやろう。俺の腕は、アリステアの漁師仕込みのプロ級だぞ」

「アリステアでは王宮に漁師を呼んで、釣りを習うのか？」

「そうじゃない。ヴァイオリンの授業が嫌で仕方なかったから、その時間に王宮を抜け出して、漁船に匿《かくま》ってもらうついでに釣りを教わったんだ」

アリステアの王宮は海に面しており、すぐ目の前が港なのだそうだ。

「漁船にって……、そんなことをして騒ぎにはならないのか？」

アリステア王国では王族と国民の距離が近く、国王が自転車で街へ買い物に行くことも珍しくないと聞く。蓬萊の皇族とは比べものにならない、自由な行動が許されているようだが、それにしても大胆すぎる気がした。

「ああ。夕食の時間までに戻れば、特にどうということはなかった。子供は暗くなるまで外で遊ぶものだし、俺は三番目の王子で世継ぎではなかったからな」

「そんな問題か？」

「そんな問題だ。何をしても大抵あちらの両親も廷臣たちも『三番目だから』と笑って大目に見てくれた。まあ、騒ぎと言えば、たまにヴァイオリンの教師が青筋を立てて、水上バイクで追いかけてきたていどだ」

その教師は気の短いロシア人だったんだと言って肩をすくめた紫苑は、星華にヴァイオリンが弾けるかを尋ねた。

「弾けないこともない」

「なら、いつか聞かせてくれ。俺はアリステアではそんな調子だったし、こちらへ来てからは嫌なら習わなくていいと甘やかされたから、ヴァイオリンはさっぱりなんだ」

紫苑の口ぶりは長年の友人に対するそれのように気安く、朗らかだ。

星華は困惑と居心地《いごこち》の悪さを覚えながら視線を落とし、話題を強引に本筋へ戻した。

「……姉上のイヤリングのこと、どうして知っている？」

「ただのお飾り広告塔でも、一応は情報局のトップだからな。ほしいと思った情報は、何でも手に入る」

「情報局での立場を私的利用したのか？」

「お前が不用心にブラック・マーケットをうろついて、もし何かあれば帝国の威信を傷つける事態にもなりかねん。ゆえに、これは私的利用ではなく、公的権力の正しい使用だ」

「俺には屁理屈《へりくつ》に聞こえるぞ」

「気のせいだ」

「……それで？」

「俺は情報収集にもあの街にも慣れている。だから、イヤリングの件は俺に任せてみないか？」

思いがけない申し出に、星華は目を瞠る。早々と行き詰まってしまったイヤリングの捜索に頭を抱えていただけに、心強い味方を得た気になった。

だが、嬉しさを感じたのは一瞬だった。紫苑の立場を考えれば、頷けるはずがない。昔も今も紫苑を憎いと思ったことなど一度もないからこそ、なおさら。

「……悪いが、イヤリングの件は俺と姉上の個人的な問題だ。放っておいてくれ」

「意地を張るな、星華。ひとりでは、どうにもできないだろう？」

「それでも、お前にだけは頼めない」

「なぜ？」

「俺たちは本来こうして会っていい関係ではないし、俺に協力したことがもし公になったら一体どうするつもりだ？　そうなった場合、社交界とほとんど縁を切っている俺には大したダメージはないが、お前は違うだろう？　如月宮家の嗣子としても、情報局のトップとしても、窮地に立たされるはずだ」

敵対派閥の人間と馴れ合うことは互いが属する世界への裏切りであり、私的トラブルの解決に陸軍情報局という国家権力を使うことは犯罪行為だ。皇族特権があるため、実際には罪に問われないにしても、倫理的な批判は免《まぬか》れない。

どれほど大きなものになるかわからないリスクを伴う助けなど、求められない。

――そもそも、自分にそんな資格はない。

頼ってしまいたい気持ちをぬぐいきれない心にそう言い聞かせながら視線を手元へ下げ

ると、胸の奥に重く溜まったまま、いまだに薄れない幼い日の後悔がどろりと揺れた。

星華が紫苑と出会ったのは、母親に連れられて参内した十八年前の春の日だった。

母親の目を盗んで様々な動物が飼育されている奥庭へ潜りこみ、遊んでいたときに、やはりひとりで皇城の中を探検していた紫苑と遭遇したのだ。

その頃の紫苑は髪が淡い琥珀《こはくいろ》色で、一見するとまるっきりの外国人だった。限られた者しか出入りできない皇城の奥庭に外国人がいることを不思議に思うより先に、星華はあざやかに煌めくアメジストの眸《ひとみ》に目を奪われた。

吸いこまれそうに深く澄み、その奥に眩《まぶ》しい輝きを湛《たた》えた色――。あんなにも心が惹かれてしまう美しいものを見たのは、生まれて初めてだった。

『綺麗《きれい》な目！』

神秘的な光を宿す双眸に一目で魅入られたのも、思わず感嘆の声を上げて最初に駆け寄ったのも、星華のほうだった。

『……綺麗？　僕の目が？』

きょとんと首を傾《かし》げた紫苑に、星華は力一杯の頷きと笑顔を返した。

『うん、すごく綺麗。星みたいにきらきらしてるね』

星華は当時、大人の世界の決まり事をまだよく知らなかった。

だから、自分の発した賞賛をとても喜んでくれた紫苑とその場ですぐにうちとけ、一緒に奥庭を探検しながらたくさんの話をした。

——ひと月前に遠い異国からやってきた元王子の紫苑。今は自分と同じ、宮家の子になった紫苑。同い年の紫苑。もうすぐ学参院のクラスメイトになる紫苑。

これからは、自分を「殿下」ではなく、名前で呼んでくれる友だちができたことが、星華は本当に嬉しかった。けれども、紫苑が聞かせてくれた外国の珍しい話に胸を弾ませ、屈託なく笑い合えたのは、ほんのわずかな時間だった。星華がいないことに気づき、捜しに来た母親に引き離されてしまったからだ。ひどく強引に。

『如月宮家は我が家にとっては敵も同然なのですよ！　あの家の者とは、決して交わってはなりません！』

母親の生家は、皇族三閥のひとつを束ねる高萩宮《たかはぎのみや》家の先々代当主の弟が創設した家だ。それゆえに派閥に敏感な母親の叱責は凄《すさ》まじく、星華は抵抗を封じられた。

子供だった星華にできたせめてもの抗《あらが》いは、こんなにも窮屈で理不尽な皇族の世界に生まれてしまった己の運命《さだめ》を呪うことだけだった。

紫苑は皇城や学院で星華を見つけては声をかけてくれたのに、星華は応《こた》えられなかった。それがどうしようもなく辛《つら》くて、心の中で紫苑に詫びながら眠れぬ夜を幾度も過ごした。

いつしか紫苑は自分の姿を目にしても無反応になったけれど、そうなるまでにどれだけ悲しませ、傷つけたことだろう。

それなのに、今さら助けてほしいと頼りにするのは、あまりに虫がよすぎる話だ。

「……何の返礼もできないのに、お前にそんなリスクを負わせることはできない」

「俺はお前との密会が外に漏れるようなヘマはしない。万が一知られたところで、何とも思わない。それから、対処法はいくらでもあるから俺はどちらでもいいが、お前の気が咎めると言うのなら、軍には関係ない俺のプライベートな情報網しか使わない」

差し伸べた手を決して下げようとしない紫苑の態度に、星華は驚きを深める。

「……ありがたいが、受けることはできない。俺には、お前にそこまでしてもらういわれはない」

戸惑いながら首を振った星華を、紫苑はしばらく無言で見つめた。何かを思案するように眸を揺らしたあと、ゆっくりと「ならば」と言葉を継ぐ。

「ギブ・アンド・テイクの取引ならどうだ？」

「取引？」

「そうだ。実は、俺にもお前に頼みたいことがひとつある」

「どんなことだ？」

尋ねると「男と性交渉を持った経験はあるか？」と問いを返される。

「ない」

星華は眉をひそめて即答する。

蓬萊には古くから男色に寛容な文化土壌があり、現在では同性婚も認められている。この国においては特に珍しくもない愛の形とはいえ、周囲に同性愛者がひとりもいない環境で育った星華には馴染みがない。しかし、返す声が低くなったのはそのせいではなく、それがこの取引とどう関係しているのか、さっぱりわからなかったからだ。

質問の意図を確かめようとしたとき、紫苑が先に「では、星華」と口を開いた。

「お前の処女を俺にくれ」

ますます訳がわからない思いで、星華は「何?」と眉間の皺を深くする。

「……どういう意味だ?」

「お前を抱かせてくれ、という意味だ。もっと直截的《ちょくせつてき》に言えば、しばらくアナルセックスの練習をさせてほしいんだ」

「……なぜ、俺がお前の性行為の練習台にならねばならぬのだ」

「そんなに眉を逆立てるなよ、星華。今から順に説明する」

紫苑は長い脚を優美な仕種で組み、笑う。

「公式発表はまだ少し先だが、泉堂《せんどう》公爵家の瑠璃子《るりこ》嬢と婚約することになった」

またしても予想もしていなかった言葉が飛んできて、星華はぽかんとまたたく。

「これは内密のことだが、実は陛下がとりもってくださった縁でな」

「……そうか。それはめでたい縁談だな」

ああ、と紫苑はやわらかな表情で頷く。

一種、人間離れした神々《こうごう》しいまでの美丈夫ぶりと、稀代《きたい》の名君と謳われる聡明《そうめい》さで国民を心酔させている今上帝は、公明正大な人物だ。いっそ機械的なほど誰に対しても接し方は平等で、特定の者に私的な恩顧を与えるようなことは決してない。

しかし、遠い異国に嫁いだたったひとりの姉の子――皇族の中での唯一の甥には、目立つ贔屓《ひいき》は控えていても、やはり特別な愛情があるようだ。

星華はもはや「はりぼて皇族」と化している涼白宮家を自分の代で終わらせるつもりなので野心などかけらもなく、結婚をする気もない。だから、紫苑に対する皇帝の密かな寵《ちょう》愛《あい》を知っても妬みはまったく感じなかったけれど、謎は深まるばかりだった。

皇帝の勧めで妻をめとろうとしている男が、どうして同性である自分との性交を求めるのだろうか。反射的に問《と》い質《ただ》したい気持ちをこらえて、星華は話の先を待った。

「泉堂家は遡《さかのぼ》れば北桔梗宮《きたききょうのみや》家に繋がる家柄だし、富豪でもあるから、我が家の財力に寄りかかられる心配もない。何より、陛下が選んでくださったお相手だ。願ってもない良縁だと両親は諸手《もろて》を挙げて喜んでいて、俺にも特に異存はない」

泉堂公爵家の令嬢は二十三歳。昨年までは大学で学業に専念していたため、社交界にデビューしてまだ間もないらしい。皇帝を通して紹介されてから会ったのはまだ数度だが、乗馬や釣りを好む趣味が共通していたため、紫苑は彼女を気に入ったという。

「だが、結婚後のことを考えると不安がひとつある」

「どんな？」

「瑠璃子嬢は性にかなり奔放で、アナルセックスなどの特殊なプレイを好むのだ」

昨今では、階級を問わず妙齢の未婚女性が純潔を義務として守っていることは、珍しくなったと聞く。そして、それを非難する風潮も特にない。社交界でもメディアでも、連日のように若い貴族令嬢の恋愛沙汰が赤裸々に噂されている。

そうした時代の流れを考えれば、公爵家の令嬢だからと言って清らかな乙女である必要はない。頭でそうわかっていても、思わず声高に確認せずにはいられなかった。

「本当か？」

「本当だから、お前にこんな頼み事をする事態になっている」

眼差しを真摯なものにして、紫苑は小さく息をつく。彫りの深いその端整な顔はただ憂鬱げで、とても冗談を言っているふうではなかった。

「配偶者と恋人は別だという考え方を、俺はどうしても受け入れられないんだ、星華。結婚したら妻しか愛したくないし、妻にもそうあってほしい。だが、ベッドで妻を満足させられない夫には、それを求める資格はない。そうだろう？」

話の行き着く先がだんだんと見えてきて、星華は「そうだな」と小さく返す。

「なのに、運が悪いことに、俺にはノーマルなセックスの経験しかない。情けない話だが、正直、今のままでは瑠璃子嬢を悦《よろこ》ばせる自信がない。かと言って、こういう特殊なセックスの練習をさせてくれ、などと気軽に頼める女性はいないし、探すにしても、選ぶ相手を間違えれば後々面倒なことになる」

「で、後腐れなど生じようのない俺で練習したいと？」

「まあ、有り体に言えば、そういうことだ」

紫苑は、淡い苦笑いを漏らして頷く。

「しかし、男と女では身体のつくりが違う。やはり、こういうことは女性のほうが適任だと思うが……。如月宮様ならお前よりも広い人脈をお持ちだろうし、割り切った練習相手になってくれる女性を探し出していただけるのではないか？」

「それは無理だ。養父上《ちちうえ》は、瑠璃子嬢のベッドの中の趣味まではご存じないからな」

言って、紫苑はソファの背に片肘を乗せる。

「瑠璃子嬢は大学で考古学を専攻していた。ここ何年か、発掘調査の名目で頻繁に海外を訪れていて、外国人の友人も多い。情報局に入ってからの厄介な職業病で、そういういかにも正当な理由で外国と繋がっている人間を見るとつい疑いの目を向けたくなって、自分でも彼女の身辺調査をしてみた」

「その結果、瑠璃子嬢の秘密を知ったというわけか」

「ああ。このことを養父上に相談すれば、必然的に養母上《ははうえ》にも話は筒抜けになる。が、ミニスカートを見て『はしたない』と眉をひそめるような養母上に知られれば、嫁姑の不和の種にもなりかねない。だから、養父上に相談はできない」

紫苑は姿勢を正し、星華を深く見据えて続けた。

「そういうわけだ、星華。俺に協力してくれないか？　代わりに、俺も必ずお前の助けになると約束する」

いつの間にか激しさを増していた雨が、窓を強く叩《たた》いている。

鼓膜の奥へ沁《し》みこむ雨音を聞きながらしばらく考え、星華は「わかった」と答えた。

星華は性行為を過去に一度しか経験していない。同性との背徳的なアナルセックスを求められた戸惑いは大きかったが、イヤリングを見つけるためにはほかに方法はないと思ったのだ。とは言え、それは嫌々ながらの苦渋の決断だったのではない。

男である自分の身体にはもったいをつけるような価値などないし、紫苑の役に立つのならそうしたいとも思った。――はっきりと、本心から。

こんな努力をしてまで、互いに想い合う夫婦になろうとしているのだから、紫苑は泉堂公爵家の令嬢に本気で惹かれているに違いない。それに何より、紫苑は無償で自分を助けてくれようとした。そんな紫苑が望む幸せを手に入れる手助けをすることで、胸の奥に重く折り重なったままの罪悪感から解放されるような気がしたのだ。

時末《ときすえ》に帰りが遅くなると連絡をしたあと、紫苑《しおん》に案内されて部屋の奥の扉をくぐると、その向こうに広がる洋間にはキングサイズのベッドが置かれていた。

この館での紫苑の寝室だという。今まで話をしていたのは、紫苑の寝室と続きの間になっている居間だったようだ。

「バスルームはあそこだ」

軍服の上衣を脱ぎながら、紫苑が部屋の隅を指し示す。

「あ、ああ……」

納得して応じた取引とは言え、紫苑とこれからしようとしていることを改めてはっきりと自覚させられ、今さらながらに心臓が速い鼓動を刻んで躍り出した。

緊張がいくぶん和らぐまでシャワーを浴び、腰にバスタオルを巻いて出てくると、紫苑は下衣だけの格好でひとり掛けのソファに座り、ワインを飲んでいた。

筋肉が美しく隆起した肩のラインや、逞しさが一目で知れる長い腕。鋭く引き締まった腹筋。アリステア人の血が濃く出ている紫苑の身体は、同じ男であっても星華《せいか》とは骨格の作りから違っていて、まるで理想の肉体美を凝縮した彫像のようだった。

「何だ。お前、細身だからもっと折れそうに薄いのかと思っていたのに、意外にしっかり男の身体なんだな」

ワイングラスをテーブルに置いて歩み寄ってきた紫苑が、星華の薄くしなやかな筋肉に覆われた脇腹を撫《な》でて笑った。

「……期待に添えなくて、悪かったな」

星華はわずかに後退《あとずさ》り、紫苑から視線を逸らす。

紫苑の完璧な裸体を間近にすると、軍人としてそれなりに鍛えていたつもりの自分の身体への自信が粉砕されて、少し悔しい。

それに何だか、紫苑が放つ濃厚な雄のフェロモンに悪酔いしてしまいそうだった。

「いや、べつに悪くはないさ。抱き壊しそうな華奢《きゃしゃ》な身体より、ずっといい」

そんな言葉が聞こえてきた直後、腰に巻いていたバスタオルを、少し乱暴な手つきで剝《は》ぎ取られた。あらわにされた下肢の中央に男の視線がねっとりと重く絡《から》まるのを感じ、星華は小さく息を呑んだ。

「ペニスの色も形も申し分なく美しいし、陰毛の茂り具合も濃すぎず、薄すぎず、絶妙で素晴らしいが……」

検分する口調で言いながら、そこへ右手を伸ばしてきた紫苑が、掌に星華のペニスを掬い上げるようにして乗せた。

敏感な場所に他人の熱を感じ、星華は息が震えそうになったのを咄嗟に堪《こら》えた。

「ちょっと、意外だな」

「何、が……？」

「こっちも想像していた以上に男で。もっと、小ぶりかと思っていた」

紫苑が自分をアナルセックスの練習相手に選んだのは、母親似の外見から普通の男よりも体つきが女に近いだろうと勝手な予想をしたためかもしれない。だから、中性的な華奢さのない自分のこの姿に落胆しているのだろうか。

一瞬そう思ったが、どうも違ったようだ。星華の亀頭のくっきりとしたくびれを指先でなぞりはじめた紫苑の顔には、やけに満足げな笑みが浮かんでいる。

「こういうギャップは淫靡《いんび》でいいな。そそられる」

艶然と告げた紫苑の左手の指が、星華の右の乳首をつまむ。ペニスの先をいじられながら乳首を引っ張られるという初めての感覚に、腰がびくりと揺れた。

「……んっ」

紫苑は黙って、両手の指を小刻みに動かし続ける。

亀頭のふちを円を描く動きでぐにぐにと擦《こす》られ、押しつぶされる甘美な刺激が、波紋のように幾重にも重なって全身へ広がってゆく。捏《こ》ねられていた乳首もどんどんと弾力を増し、紫苑の指を撥《は》ね返す勢いで硬くこごっていった。触れられていない反対側の乳首も淡く色づいて尖《とが》り勃《た》ち、乳頭をつんと突き出している。

普段そこにあることをほとんど意識しない器官が卑猥《ひわい》な形に変化しているのに気づき、

星華は狼狽《うろた》える。そのとたん、床の上で立ったまま愛撫《あいぶ》を受けている状態に、恥ずかしさがこみ上げてきた。

「——お、おい、紫苑っ。こんなところで、やめ……っ、んぅっ」

腰をよじって抗議した瞬間、大きな掌《てのひら》で亀頭をきつく包みこまれ、ぐにゅりとねじり揉まれた。

「あっ」

痺《しび》れにも似た鋭い快感が背を駆け抜け、やわらかかったペニスが芯を持つ。

根元からぶるりとくねり踊ったそれは、先端を握る紫苑の手を突き上げるようにして空を切り屹立《きつりつ》した。

「妙なものだな。自分の手の中で、お前のペニスが勃起する瞬間を知る感覚は」

掌を亀頭に押し当てたまま、紫苑は指先を幹の部分へすべらす。

欲を孕《はら》んだばかりのペニスの硬度を確かめるように、薄紅色に張りつめた皮膚の表面を二、三度、ぐっと押され、首筋がざわりと震える。

「ふ、……ぁっ。……お、俺はやめろと言ったのに、お前が、いつまでも触っている、から、だろう。文句を言う、な……っ」

「文句を言ってるんじゃない。新鮮な感覚の余韻に浸ってるんだ」

紫苑は唇につやめかしい笑みを乗せ、ペニスから右手を放す。

ふいに支えを失った弾みで、ゆるい角度を持った屹立がふるんふるんと宙で回転する。その様が何だかとても恥ずかしかったけれども、どうしたらいいか星華にはわからなかった。女でもないのに、自分の手で性器を覆い隠すのは明らかにおかしい気がする。かと言って、どこかへ逃げるのも適切な行為ではないだろう。

目もとがじわりと赤らむのを感じながら、懸命に対処法を考えていたときだった。硬くこごって前方へ突き出していた左の乳頭を指の腹でぐりぐりとすり潰され、喉の奥から高い声が散った。

「――あぁっ」

同時に強く押し揉まれた両方の乳首が男の指の下でぐにゃりとひしゃげて、形を変える。そこを今度はねじるようにしてつまみ上げられ、星華は軽い目眩《めまい》に襲われる。

「ぁっ、……く、ぅっ。や、やめ……っ」

「どうして？　嫌なのか、乳首」

やわらかな声音で問いかけつつも、紫苑は星華の乳首をいじる指をとめない。

ふたつの乳首を根元からぐいぐいと押し上げられたかと思うと、速い速度で上下に爪弾かれ、あとからあとからこぼれ出る吐息が湿ってゆく。

下肢でもペニスが紫苑の指の動きに合わせて、びくびくとしなり揺れている。

「んっ、ぁ……。そ、そうでは……、な……っ」

乳首に触れられることが不快なわけではないので、星華は浅く首を振った。

「だけど、こんなところで、た、立って……、することでは、ない……っ」

「セックスはベッド以外でするべからず、なんてことは、帝室典範には書かれてないぞ？」

あでやかな笑顔で応じ、紫苑はますます硬くなる赤い肉粒を指先でこね回す。

「ひ、ぅ……っ」

反る角度をさらにきつくして膨張したペニスの先端で秘裂がひくりと痙攣《けいれん》し、その奥から透明の蜜が滲《にじ》んできた。

「そ、それでも……、普通は、ベッドだ」

「俺たちがしているのは普通とは言いがたいセックスだし、こんなに美しい乳首が目の前で妖しく尖り勃っているんだから、俺は今ここで気がすむまで触りたい」

まるで新しい玩具《おもちゃ》を前に喜ぶ子供のような顔で言って、紫苑は星華の胸もとへ顔を寄せ、左の乳首を口に含んだ。

「――あっ」

紫苑の見せた思いもよらぬ行動に、星華は目を瞠る。

いきなり乳首に吸いつかれて心底、面食らった。だが、その驚きは長続きしなかった。

紫苑の舌と指の動きが巧みすぎたせいだ。

「ぅ……、あ、ぁ……んっ」

左胸の肉芽を熱い舌先でねろねろと舐《な》め吸われ、右胸のそれを指でくりくりと引っかかれ、たまらない歓喜が身体の奥底から湧き出て、思考を蝕《むしば》む。

もともと紫苑の求めはすべて受け入れる心づもりで取引に応じたため、戸惑いや羞恥心はあっという間に快感に呑まれて消えてしまった。

「あ、ぁっ、は……っ。ふっ、くぅ……っ」

内部に硬く通った芯を圧する強さで転がされるつど弾力を増す乳首を、荒々しく攻め立てられ星華は喉を仰《の》け反《ぞ》らせる。

そこを指でいじられるのはもちろん、舐められたり吸われたりするのも、初めてのことだ。まったく未知の感覚がもたらす快楽の大きさに腰や腿《もも》がわななき、だんだんと立っているのがつらくなる。

乳首に吸いついている紫苑の身体が視界を遮っているせいで見えないけれど、先端の秘裂からあふれる淫液でペニスがぐっしょりと濡れているのがはっきりとわかる。

このままでは、紫苑を汚してしまうかもしれない。

「あ、あ……。も、もう……、だめ、だっ」

逞しく隆起する肩を押しやって限界を訴えると、紫苑が「出そうなのか?」と問いかけてきた。

宝石めいた煌めきを宿すアメジストの双眸と視線が絡んだ瞬間、引《ひ》き攣《つ》るような疼《うず》きが下腹部に走り、星華は反射的に目をぎゅっと閉じる。

「あ、ぁ……っ、出、るっ」

思わず縋った紫苑の肩に爪を立て、急速に膨張する射精欲でかすれた声を放った直後、ペニスにぬるりと熱いものが絡まりついた。

ぎょっとして下肢を見やると、屈《かが》みこんだ紫苑にペニスを咥《くわ》えられていた。

「——なっ。ば、馬鹿っ。はな、せ……っ」

もう限界寸前のところまでこみ上げてきていた切羽詰まる感覚を咄嗟に抑えこみ、紫苑の肩を叩いて抗議した。だが、紫苑は星華を放すどころか極まりを導くように、ひくついていた尿道口を尖らせた舌先でつついてきた。

「ん、ぅっ。……あっ、あっ」

小さな秘裂の表面をぐりぐりとえぐり広げられたかと思うと、亀頭のくびれや裏筋の弱い部分に舌を這わされた。一方で胸から移動してきた手に陰嚢《いんのう》を握られ、揺さぶられる。

星華には性的快楽への耐性がない。紫苑の口の中で絶頂を迎えようとしていることにどうしようもない狼狽《ろうばい》を覚えつつも、それ以上の自制はもはや無理だった。

「あっ、あぁぁ——っ」

星華は腰を前後にくねらせながら吐精した。

勢いよく噴き出たそれはすべて、亀頭をすっぽりと咥える紫苑の唇に吸われた。

「ふ、ぅ……っ、あ……」

絶頂がもたらす鋭い快感が静まる間もなく鈴口を執拗《しつよう》に啜《すす》られ、陰嚢を揉みしだかれて、少量の精液が間歇的《かんけつてき》にぴゅろっぴゅろっと漏れ出てくる。

「あ、あ……」

欲情を強く深く搾りとられる放埒《ほうらつ》は、今までに経験したことがないほど長く続いた。

こぼすものがようやくなくなったときには、腰がすっかり砕けてしまっていた。

「気持ちよかったか、星華」

魅惑的な男の美貌に、艶然とした笑みが浮かぶ。

少し朦朧《もうろう》としていたせいだろう。星華は軽い眩暈《めまい》を覚えつつ、視線をかすかに逸らす。

「……馬鹿っ。何で、あんなもの、飲むんだ？」

「こうしたほうがお前の余計な力が抜けるかと思って。受け入れる方が強張ったままだと、お互い愉しめないだろ」

肩をすくめて立ち上がった紫苑にふらつく身体を支えられて、ベッドへ移る。

シーツの上で仰向けの格好にされると、脚を大きく左右に割られ、そこへ紫苑が膝立ちになって入ってくる。

何もかもをさらけ出す姿が恥ずかしかったけれど、まだ極まりの余情から抜け出せない身体は紫苑のなすがままだ。脚を閉じようと試みることすら、何だか億劫《おっくう》だった。

「東洋一の花のかんばせの美姫《びき》は、秘密の場所も花びらめいた麗しい形をしているんだな」

感嘆したふうなつぶやきを落とし、紫苑は星華の窄《すぼ》まりの周縁をそろりと撫でる。

「――ん、ぁっ」

自分ですら見たことも触れたこともないそこに紫苑の指を感じた刹那、ぞわりと肌が粟立ち、腰が高く跳ね上がった。

不快だったわけではない。なのに、一瞬の密やかな接触にやたらと敏感に反応する身体が恥ずかしくて、星華は狼狽え気味に眉根を寄せる。

「花だの何だのと呼ばれていたのは母上だし、俺は姫ではなく王だ」

「ベッドの中での睦言《むつごと》に、いちいち真面目に反論するなよ。ムードが台無しになる」

「睦言は恋人や夫婦が交わすものだ。俺たちは違う」

「だが、雰囲気作りはしたほうがいいだろう？　単なるダンスのレッスンをしているわけじゃないんだから」

紫苑は苦笑して、サイドテーブルの上に置かれていた小瓶を手に取る。

「なあ、星華。お前、あまりセックスをしたことがないだろう」

決めつける口調に少しむっとしたものの、星華は正直に「ああ」と返す。

たった一日でイヤリングのことを調べ上げた男相手に見栄を張って嘘《うそ》をついてみても、すぐにばれてしまうだろうと思ったのだ。

「一度しかない」

「その一度とは、もしかして房中指南か？」

蓬萊《ほうらい》の上流社会では、乳母や教育係から閨房《けいぼう》の諸事を学ぶのが一般的だ。男子の場合はたいてい閨房術の指南役が初体験の相手となり、星華もそうだった。

「ああ」

「それっきりということは、もう二度とセックスをしたくないと思うような悲惨な筆下ろしだったのか？」

違う、と星華はゆるりと首を振る。

「なら、どうしてだ？」

二十八にもなって一度しかセックスの体験がないということが、紫苑にはよほど不思議らしい。興味津々《しんしん》に尋ねられ、星華は微苦笑を漏らす。

星華が実践の性教育を受けたのは、十六の夏のことだ。べつに嫌な体験ではなく、それなりに気持ちがよかった。けれども、その頃は士官学校で皇軍の一員としての基礎を身につけることのほうが大切に思え、性の快楽を知っても異性に興味は向かなかった。

「……それに十八で家督を継いだとき、生涯結婚はせず、涼白宮《すずしろのみや》家は俺の代で終わらせようと決めたのだ。誰かと関係を持ってうっかり子をなせば、その決心が揺らぐかもしれない。だから、意識的に異性は避けている」

そんな話をしているうちに、乱れていた息が徐々に整ってくる。

「なぜ、お前の代で断絶させるんだ？」

わけを簡単に説明すると、紫苑は涼白宮家の困窮を哀れむでも侮蔑するでもない、ただやわらかな声音で「なるほどな」と頷いた。

「しかし、今回のイヤリングの件もそうだが、苦労することがわかっていて、それでも姉君のために家を継ぐとは、お前は結構なシスコンなんだな」

「妙な言い方をするな。俺は、べつに姉上に対してゆがんだ執着心など持ってないぞ」

頭上から降ってきた揶揄《からか》いに腹が立ったわけではないけれど、星華は自分の脚のあいだで片膝を立てている男を軽く睨《にら》む。

「ただ……、俺はあまりいい子供時代を過ごせなかった。だから、姉上だけが与えてくれた肉親の情に、恩義を感じているだけだ」

そうか、とやわらかな笑みを浮かべ、紫苑は星華を見つめる。

「星華。お前、恋をしたことはないのか？」

一生、独身でいようと決意したときから、誰かと想い合う幸せを手にすることは諦めているし、異性に惹かれないよう自分を律してきた。

ない、と答えようとして、星華はふと迷う。

恋とはどのような感情を指すのか、改めて考えてみると、よくわからなかったのだ。

狂おしく焦がれたことはなくても、好ましいと思う異性は周囲に幾人かいる。たとえば貴彬《たかあきら》の妹や、研究所の職員、藤華《ふじか》に仕えている侍女。彼女たちとは何の気兼ねもなく言葉を交わせるし、そのほっそりとした身体を目の前にすると守ってやりたい気持ちにもなる。

そうした感情の中に肉欲はまったくないものの、恋とは必ずしも欲情を伴うものではないように思う。

だとすれば、自分でも気づかないうちに、誰かに恋をしている可能性もなくはない。

「どんな気持ちになれば恋なのだ？」

彫りの深い華やかな美貌を見上げて問うと、アメジストの双眸がかすかに細くなる。

わずかな間を置いて、紫苑は「そうだな」と唇を淡くほころばせる。

「一概に定義はできないが、たとえば一日中、相手のことを想ったり、その者のことを思い浮かべて胸が苦しくなったり、眠れなくなったりすれば恋だろうな」

紫苑の声を聞きながら記憶と照らし合わせてみて、星華はまたたく。

異性の誰かを好ましいと思っても、そのせいで夜、眠れなくなったり、相手の顔が四六時中頭から離れなくなったりしたことはない。

なのに、紫苑に対してはそれがある。

これではまるで紫苑に恋をしていたようだが、あのときの自分は紫苑と友人になりたかっただけだし、胸の痛みは罪悪感によるものだ。

教えられた恋の症状との奇妙な一致を不思議に思いつつも、星華はあの感情はもっとべつの何かだったはずだと結論づける。

それにどんな名をつければいいのかはまったく見当もつかなかったが、今こんな状態で悩んでみたところで、きっと答えは見つからないだろう。

だから、星華は考えることを放棄した。

「ならば、ない」

自分の頭の中で舞う疑問符を追い払うためにも、きっぱりと断言する。

「恋を知らず、愛し合って情を交わす悦びも知らないお前を抱くのは、良心の呵責《かしやく》を覚えてどうにも気が引けるな」

そんな言葉とは裏腹に、紫苑はやけに明るい表情で手にしていた小瓶の蓋を開ける。そして、星華の体内を侵すためのとろりとした液体を掌に垂らし落とす。

「……とても、気が引けているようには見えないが」

「どんなに疾《やま》しさに苛まれようと、東洋一の美姫が目の前で秘密の花園を広げてくれているこの状態で、麗しい花を手折ることを諦められるほど、俺は聖人君子ではないからな」

優美なのに、どこか獣じみた微笑を湛え、紫苑は星華の脚をさらに大きく割り開く。

「だが、その代わり、今晩はお前を無垢《むく》な乙女だと思って、優しく抱いてやろう」

秘密の花園だの、乙女だのと、冗談なのか何なのか、よくわからないことを、色香のしたたる声音で告げた紫苑の指が蕾《つぼみ》の表面をそっと押す。

「あっ」

侵入の痛みを覚悟して身構えたけれど、紫苑は強引に押し入ってくることはせず、ほとんど力の加わっていない指先で、そこをゆっくりと撫でた。

「んっ、ふ……、ぁ」

表面の襞《ひだ》の一本一本にオイルの潤いを沁みこませ、内側からの自然のほころびを促すような、丁寧な動きがいくども繰り返される。

硬く窄まっているそこをそろそろとさすられるつど、紫苑の指から伝わってくるぬめりが、肌の上をすべり落ちてゆく。やがて、くすぐったさにも似た奇妙な感覚がどこからともなく湧き起こり、星華は我知らず腰を揺らめかした。

「あ、あ……」

「わかるか、星華。ここがだんだんやわらかくなって、口が開いてきたぞ」

ほら、と紫苑が蕾を撫でる指の腹先にほんの少しの力を込める。すると、硬い指の先がぬるんと星華の体内に埋まった。

「ひぁっ」

「痛いか？」

あらぬ場所の粘膜で紫苑の指の形や体温を知覚する違和感は、強烈だった。けれども、その感覚は痛みとは明確に違った。

吐息を震わせながら首を振った直後、指がゆるやかな前進を始めた。

「あっ、あっ、あ……っ！」

隘路《あいろ》の肉を掻《か》き分けて、オイルを纏った長い指が奥へ奥へと進んでくる。

初めて受け入れる異物へのおののきで震えて窄まろうとする内壁が、ゆっくりとこじ開けられてゆく。宥《なだ》めるように押し広げられた粘膜に、にゅるにゅるとした潤いをなすりつけられて言葉にしがたい疼きが生まれ、こぼす息が再び荒くなった。

「根元まで入ったぞ、星華」

それを知らせるように、深い場所で指がぐるりと回る。

「――う、あっ」

唐突な動きに驚いて腰を撥ね上げ、眉根をきつく寄せた星華に、紫苑が気遣う表情で「苦しいのか？」と問いかけてくる。

痛みとは違っても異物感はすさまじく、苦しいと言えば苦しい。だが、自分が紫苑に与えられるものはこの身体しかない。星華はかすれる声音で「大丈夫だ。続けろ」と返す。

「どうしても辛くなったら、言え」

「言ったら、やめてくれるのか?」

「いや。気が紛れるように、歌でも歌ってやる」

そんな言葉のあと、指の抜き挿しが開始された。

何かを探るような慎重さで肉筒を浅く深く何度か往復した指が、ある一点をかすめたときだった。快楽神経を串刺しにされたかのような大きな衝撃を受け、びくんと浮き上がった腰の中央で、ペニスが驚く勢いで躍り勃ち、卑猥に空を突いた。

「あああぁ!」

「ここか? 星華。ここが、いいのか?」

官能がこごったようなその場所をぐりぐりと引っかかれ、強く揉みつぶされ、目が眩む。

異物への違和感だったものがふいにはっきりとした歓喜となって頭の中で渦巻き、星華はシーツをかきむしって腰をくねらせた。

「あっ、……ふ、ぁっ。あ、あ、あ……っ!」

「星華、ちゃんと答えてくれ。ここをこうすると、いいのか? それとも、嫌なのか?」

そこを攻められるつど、ペニスはぶらんぶらんと揺れ踊って狂喜し、先端の秘裂からはもうすでに淫液をしたたらせている。その状態を見ればどう感じているかなど一目瞭然のはずなのに、紫苑は執拗に言葉での答えを求めてくる。

「なあ、星華。どうなんだ?」

紫苑の指はその場を離れず、同じところばかりを攻め立ててくる。

「あぁっ！　あ、あ……、くっ、ぁ……」

次々と襲い来る愉悦の波に思考を削り取られているようで、このままではおかしくなってしまいそうだった。たまらず、星華は「いい！」と叫ぶ。

「いいっ！　そこ、いい……！」

死にそうに気持ちがいいからこそ、そこだけを擦られるのが辛かった。星華は腰を右へ左へと激しく振り立て、淫液を撒《ま》き散らしながら紫苑の指を奥へと呑みこんだ。

「あ、あ……、は、ぁ……」

紫苑の指が元の場所へ戻らないよう、本能が促すままに肉筒をうねらせてきつく挟みこむ。その瞬間、ずるりとさらに奥へ潜りこんだ指に内壁をぐいぐいと擦り上げられ、視界の端が熱く潤んだ。

「――ひぅっ」

「初めてのくせに、ずいぶん積極的だな」

嬉しげに笑んだ紫苑は、膝立ちの格好で星華の片脚を跨《また》ぐ。そして、伸び上がって枕元に左手を突くと、星華を見つめながらその体内に埋めた指を凄まじい速さで動かした。

「ああぁっ」

まっすぐに伸びる硬くて長い指が星華の中を出入りし、オイルでぬかるむ媚肉《びにく》を穿《うが》つ。

そこは性器ではなく排泄器官のはずなのに、弱みをえぐられ、内奥をずんずんと掘り突かれて、快感の火花が眼前でちかちかと爆《は》ぜている。

「あ、ぅ……っ、はぁ……っ、く、ぅ……っ」

「もっと思い切り喘《あえ》いで啼《な》けよ、星華」

よがる表情を観察されていることが羞恥心を煽り、なぜか感じる愉悦を深くする。星華はシーツに爪を立て、腰をくねらせながら身悶《みもだ》えた。

「あっ、あっ、あぁぁ……っ」

突《つ》き挿《い》れられる指はほどなく二本、三本と増え、星華を翻弄した。

出入りの速度はどんどんと上がり、そこからぐちゅぐちゅと放たれる水音も卑猥さを増す。下腹部で反り返っていたペニスの蜜口から垂れ落ちる淫液の粘りが濃くなり、絶頂はもうすぐ目の前だった。だが、紫苑は唐突に指の動きをとめてしまった。

「え……?」

手が届きかけていた極まりを摑もうとした寸前に、火照《ほて》りきった身体を放り出され、星華は不満の眼差しを放つ。

「そんな顔はよせよ。俺の指がお気に召したのは嬉しいが、これからもっと気持ちのいいお楽しみが待ってるぞ?」

つやめかしい声音で囁き、紫苑は星華の後孔の入り口まで引き出した三本の指を大きく窄まりをごぽりとこじ開けられ、襞を引き伸ばされる感触に、星華は喉を仰け反らせる。指の開閉を何度か繰り返し、肉筒のほころび具合を確かめた紫苑は「よく開く」と呟《つぶや》くように言って一旦、星華から身を離した。

その直後、かすかな金属音が聞こえてきた。鼓膜をちろちろと舐めるようなその音に釣られて視線をやると、紫苑が下衣の前を急《せ》いた手つきで寛《くつろ》げていた。

そこから取り出されたものは、太く長大な肉の剣だった。くすみのない皮膚の色はなめらかで、左右対称の形は美しい。けれども、見ているだけで重さを感じられるほどみっしりと張りつめた幹の部分では幾本もの血管がごつごつと浮き立ち、凶悪に息づいている。その先端で張り出した笠《かさ》も猥《みだ》りがわしい形に尖り、ぶ厚い亀頭冠が誇示する段差は何かの冗談のように高い。

美しさと猛々《たけだけ》しさが妖しく同居し、一種グロテスクなまでに巨大な怒張は、下着から飛び出た瞬間から隆々と天を突いた。先走りをしとどに纏い、ぬらぬらと光っている。

目の前に晒《さら》された非常識な光景に唖然《あぜん》と言葉を失った星華のそこへ、紫苑が剛直の先をあてがう。

「星華……」

広げた。

「や、ぁ……っ」

りこんでくる。
肉環《にくわ》の襞が重圧でめくれあがり、じゅぼりと粘りつく音を散らして太々とした亀頭がめ

濃い色香を帯びた声をやわらかに落とし、紫苑はぐっと腰を進めた。

鳴を上げた。

「——あっ、あっ、あああぁ！」

自分の中へ紫苑が押し入ってくるその凄烈な衝撃に、星華は脚で空を蹴ってもがき、悲

肉襞を雄々しく張り出した亀頭の形に引き伸ばされている苦しさもさることながら、紫苑があまりにも熱くて、内側の粘膜を灼《や》かれているかのような錯覚に襲われる。

眦《まなじり》に涙を滲ませ、星華は唇をわななかせた。

「あ、あ、あ……」

「星華、そんなに力むな。力を抜け」

「無、理……っ。くる、し……っ」

かぶりを振って声を震わせると、挿入の衝撃におののき、なかば力を失ってくたりと下腹部に載っていた半勃起状態のペニスを握られた。

心地のよい力加減でもみしだかれる。蜜口をくりくりといじられ、じわりと湧いた快感に気が逸れた瞬間、その隙をつくように紫苑のペニスが前進する。

収斂《しゅうれん》する肉道をぬぽっと押し開いた熱塊が、あの愉悦を生み出すこごりを押しつぶした

刹那、甘美な痺れが全身を駆け抜けた。

「あぁっ」

萎えかけていたペニスが紫苑の手の中でぶるりとしなり、再び芯を持つ。

「まだ苦しいか、星華」

硬度を取り戻したペニスを指先でぴんと弾《はじ》いた紫苑は、星華の答えを待たずに腰を小刻みに前後しはじめる。

「あっ……、あ……っ！　く、ふぅ……っ」

浅い場所での激しい抜き挿しだった。猛る怒張の中でも一番太い亀頭の部分だけをじゅぼじゅぼと凄まじい勢いで出し挿れされながら、弱みをすりつぶされるだけでもたまらないのに、紫苑の両手は胸もとへも伸びてきた。

「あっ、ぁんっ！」

尖り勃つふたつの乳首を指先で強く挟まれた瞬間、喉の奥から誰のものかと思うあられもない嬌声《きょうせい》が迸《ほとばし》り、蜜口から淫液がびゅっと高く飛び散った。

「お前は乳首が好きなんだな、星華。つまむと、中がびくびくうねる」

少しかすれ気味の気持ちよさげな声で言って、紫苑は浅めの前後運動を一段と荒々しくする。その腰遣いに呼応するように、乳首への攻めも速くなる。

「う……、く……っ。ぁっ、やめ……。い、一緒に、するなっ」

「だが、乳首をいじっていたほうが、破瓜《はか》の痛みが紛れていいだろう？」

「男が、破瓜なぞ、する……かっ、この痴れ者めっ！」

狂おしい歓喜をどうにかしてほしくて涙目で叫んだとたん、引き出す途中でちょうど肉の環にくびれが引っかかったところだった亀頭を、右へ左へぐりんぐりんと回された。

「あぁっ！」

入り口の襞がめくれ上がっては内側へ巻きこまれ、雄の熱に爛《ただ》れた媚肉がぐしゃりとひしゃげる。快楽神経が灼け焦げそうな歓喜に下肢を直撃され、星華は空を蹴った。

「痴れ者とはずいぶんだな。指ではほぐしたりなかったようだし、一気に突き入れたいのを我慢して、こうやって俺の形に馴染むまで待ってやっているのに」

一瞬動きのとまった怒張へ、星華は霞《かす》む視界を向ける。張りつめて脈動するペニスは恐ろしく長く、恐怖心を煽られた。だが、あれをすべて呑みこむほうが、こうして乳首いじりと亀頭の出し挿れという二重の攻めを受けるより、ましな気がした。

「も……っ、いいからっ。はなせっ。はなして、挿れて、くれっ」

「挿れていいのか？」

星華は雄を誘うように腰を振り立て「いい、いい」と頷く。

「いいから、は——」

早く、と催促しようとしたが、言葉は最後まで続かなかった。星華の顔の横に両手を突いた紫苑が腰を容赦のない獰猛《どうもう》さで前へ突き出し、星華を奥深くまで貫いたからだ。

「あぁ――！　ああっ、ああっ……、あ、あ、ぁ……！」

肉筒の最奥《さいおう》を猛《たけ》る雄の熱で侵され、星華は撥ね上げた足先を痙攣させながら極まった。

びゅろっと噴き出た少量の生ぬるい精液が、胸もとへ散る。その白濁を、紫苑が乳首ごと舐め啜った。

「お前の破瓜の証《あかし》は赤い血ではなく、白く甘い蜜だな」

よく意味のわからない言葉をあでやかな弧を描く濡れた唇で紡いだ男が、歓喜のさざ波に浸された粘膜をごりごりとえぐり擦って、腰を引く。そして、間髪をいれずに、また太く長い怒張を奥まで一気に捻《ねじ》りこんでくる。

「あぁっ！　や……、めっ。あっ、あっ、あっ！」

達したばかりの、敏感にとろけた柔肉を硬いペニスで捏ね突かれ、脳髄が震えた。

おかしくなるからやめてくれ、と途切れ途切れに懇願したけれど、紫苑は聞き入れてくれなかった。

「先に煽ったのはお前だ。諦めておかしくなれよ、星華」

興奮しているからなのか、紫苑の眸の色は鮮やかさを増して煌めいている。まるで、獲物を前にして昂《たかぶ》る肉食獣の目だった。

普段の鷹揚《おうよう》さなど微塵《みじん》も残っていない荒々しさで、紫苑は星華を突き上げ、揺さぶり、串刺しにした。執拗に大胆に捏ね突かれる肉洞はオイルと紫苑が漏らす夥《おびただ》しい量の先走りが混ざったものでとろけ、潤みきり、結合部からは肉の絡まり合う水音がじゅぽんぐぽんと生々しく響く。

強靱《きょうじん》な獣の腰遣いに苛まれ、ひっきりなしに喘ぎ、身悶えていたさなか突然、下腹部を熱くする鋭く切迫した感覚が湧き起こった。

射精欲とは明らかに違うそれは、尿意だった。

「――やめろっ！　う、動くなっ。抜け、紫苑っ！」

本気の力で抗った星華の肩をやすやすと押さえつけ、紫苑が双眸を妖しくたわめる。

「お前に名前を呼んでもらったのは、初めて会った日以来だな」

「な、名前など、あとでいくらでも呼んでやるから、今すぐ抜け！」

「どうしてだ？」

「……で、出そう、だっ」

「なら、出せばいい。イく瞬間はもう二度も見せているのに、今さら何を恥ずかしがっているんだ？」

紫苑は笑って、内壁を擦り上げる。

「あっ。や、やめろ、馬鹿っ。ちが、……うっ。そっちじゃ、ない」

言葉は濁したが、紫苑はすぐに察しがついたらしく「ああ」と頷く。

解放してもらえるのかと安堵《あんど》したのもつかの間、繋がったままの身体を裏返しに反転されたかと思うと両膝を掬われ、紫苑に抱きかかえられる。

「——な、何をするっ」

「恋すら知らない乙女だったお前に何の手加減もせずよがり狂わせて、尿意まで催させた責任を取って、トイレまで運んでやる」

揶揄う口調で言って、紫苑は星華を抱えてベッドを降りる。

その振動が腰を直撃し、結合部からぬるつく液体が筋になって漏れ出てくる。

「あっ、ぅ……。揺らす、なっ。そんな、責任など、取る必要は、ないっ」

まさに用足しを手伝われる幼児の格好がどうしようもなく恥ずかしい上に、先ほどまでとは違った場所で雄の脈動を感じ、肌がぞわぞわと粟立った。

「今すぐ、抜いて、俺を下ろせ、紫苑っ」

「それはできない。俺はまだ、お前の中から出たくない」

ふざけるな、と抗議したかったが、紫苑が歩を進めるたび、上下する剛直に肉襞を真下からぐっぽぐっぽ突きえぐられ、それどころではなくなってしまう。

「うっ……、く、ぁ……っ」

切迫感は膨れ上がるが、トイレまで何としても堪えねばならない。星華は大開きにされた脚のあいだでぶるんぶるんと卑猥に揺れていたペニスの根元をきつく握り締める。

おのずと全身の筋肉が強張り、連動してぎゅっと収縮した粘膜が紫苑を締めつける。

「──っ」

低い呻《うめ》きが耳朶《じだ》をかすめ、粘膜の収斂をはね飛ばす勢いで紫苑の質量がぐんと増大した。

「え……?」

体内で感じたあからさまな変化に驚いた次の瞬間だった。

一度、大きく揺さぶられたかと思うと、ずぼんと突き上がってきた漲《みなぎ》りが爆ぜ、凄まじい量の熱い奔流が最奥で激しく逆巻いた。

「やっ、あぁぁ……っ!」

他人が放出した精液に秘所の媚肉をにゅろにゅろと舐め叩かれるという初めての経験に、星華は悶絶《もんぜつ》した。

「──ひっ、あ。あっ、あっ、あ……」

もう何の自制も働かず、尿道口からそれが放物線を描いてじょんじょんと飛び散るのをとめられなかった。

我慢したぶん放尿は長く続き、床に敷かれた毛脚の長い絨毯《じゅうたん》に大きな湯溜まりを作った。

不可抗力とは言え、部屋の真ん中で失禁してしまったのも、ペニスの先から尿が噴出する様を紫苑に見られてしまったのも、消え入ってしまいたいほどに情けなかった。

頭の中はひどく混乱し、先にこのとんでもない粗相を詫びればいいのか、お前のせいだ

と紫苑を詰《なじ》ればいいのか、わからなかった。

だが、とにかく恥ずかしい格好での繋がりをといてほしくて上半身をよじった星華に、紫苑が「気にするな。致し方のない生理現象だ」と囁き声で言った。

声音は優しかったけれど、なぜこの惨事を招いた諸悪の根源に慰められねばならないのか、釈然としなかった。

「何が、生理現象だ。お前が、いきなり俺の中で出したりするから……っ」

「そちらも、自分の意思では制御しにくい男の生理現象だ。許せ」

微苦笑を滲ませて詫び、紫苑は「それより、教えてくれ」と星華を軽く揺さぶる。

陰毛の下で力なく垂れていたペニスがぷるんと弾み、鈴口からしたたっていた透明な雫が床へ切れ落ちた。

「あ……、んっ」

「なあ、星華。お前の中は漏らしている最中が一番締まって、激しくうねっていたが、排尿を我慢しながらの挿入や射精は気持ちがいいのか？」

「――なっ」

配慮の欠片《かけら》もない質問に眉根を寄せて振り向くと、背後の紫苑はいたって真面目な顔つきだった。

そのまっすぐな眼差しと視線を絡ませ、星華は思い出す。めくるめく快楽に翻弄されるうちについ忘れかけていた、アナルセックスの練習台になったそもそもの理由を。

紫苑は星華を揶揄《やゆ》したり、辱《はずかし》めたりしているわけではなく、もうすぐ婚約者となる公爵令嬢と同じ状況に陥った場合の対処法を知ろうとしているのだろう。

「……いいか、悪いかと言われれば、死ぬほどよかった」

紫苑のテクニック向上の手助けをすることが自分のなすべき義務なので、星華は正直に答えてから「だが、俺はもう二度としたくない」とつけ加える。

そうか、と紫苑が真顔で頷く。

「もしアナルセックスに慣れていて、倒錯的な趣味がある相手と同じ展開になった場合は、『嫌』は『いい』のことで、多少、強引に攻めたほうが悦んでくれると思うか？」

「俺に断言はできないが、こういうアブノーマルなプレイが好きなら、その可能性もあるだろうな」

「攻める場合は、これぐらいだと強引すぎるか？」

そう尋ねてから、紫苑がずんと大きく腰を使う。

射精してもあまり太さの変わらない肉の楔《くさび》で重い突きを繰りだされ、摩擦熱が甘美な痺れを生み出す。

「……んっ。お、俺は、まだ、大丈夫だ」

「では、これは？」

今度は結合部の肉襞が内部へ巻きこまれそうな勢いでペニスを捻りこまれ、星華は「駄目だ、強すぎる」と足先をきつく丸めて首を振る。

「ならば、こうするのはどうだ？」

紫苑が星華を抱き上げる角度を変えて、ゆったりと腰で円を描く。

亀頭のぶ厚いふちが、爛れた媚肉をぐいぐいとえぐる。自分の中を掘りえぐられる感覚に湿った吐息をこぼし「あぁ……、いい」と返す。

早く汚れを清めたかったのに、突き上げ方の確認はその場でしばらく繰り返された。

体内に放たれた紫苑の精液が泡立ち、ぷらんぷらんと四方へ揺れしなって、回転する星華のペニスがまた悦びの白い蜜液をびゅろりと噴き上げるまで、何度も何度も。


体内で猛る雄が静まり、繋がりをほどかれたのは雨が小降りになった深夜だった。

別《わか》れ際《ぎわ》に、次の約束は特にしなかった。だが、雨がすっかり上がり、晴天となった翌日、一体いつの間に調べたのか、今晩のレッスンを望む連絡はメールで届いた。

場所は昨夜と同じ紫苑《しおん》の別邸。メールの最後には、夕食を共にすることを求める一文が添えられていた。――館にいるのは信用の置ける口の堅い者たちばかりだから、気兼ねなく寛いでくれ、と。

昨夜はあの城館の使用人とは顔を合わせていない。紫苑の寝室を散々汚した昨日の今日なので、今晩は特に顔を見られたくなかった。だが、紫苑と同じ食卓に着くとなれば、そうもいかない。本当は会うのは別の場所にしてほしかったけれど結局拒めず、勤務を終えた夕方、星華《せいか》は研究所から直接、海を見渡す城館へ赴いた。

昨日と同様、本来の階級は大尉らしい蝶名橋《ちょうなばし》の運転する車で煉瓦造《れんがづく》りの壮麗な城館に到着すると、笑顔で出迎えに現れた紫苑に敷地の中を流れる人工の川へ誘われた。

食事の準備が整うにはもう少しかかるようで、それまで紫苑は川でうなぎが釣りたいのだそうだ。川にはニジマスやウグイ、イワナなど、たくさんの魚が泳いでいるが、雨の翌日はうなぎがよく釣れるという。

「ポイントまでは少し遠いから、馬で行く」

そう言った紫苑のあとをついて城館を出、厩舎《きゅうしゃ》へ移動した。美しい装飾がほどこされた石造りの厩舎は広々とした二階建てだった。二十四時間体制で馬の世話をするために、馬番たちは厩舎の二階で寝起きしているのだろう。

「清滝《きよたき》。オーディンに乗る。準備を頼む」

入り口近くで掃除をしていた男の肉厚の背に、紫苑がやわらかに響く声をかける。

「はい、殿下。ただいま。これから雨上がりのうなぎ釣りですか？　まったく、お好きですねえ。そんなにうなぎばかりお釣りになっていると、きっとそのうち三流週刊誌に『うなぎ王子』なんて綽名《あだな》をつけられてしまいますよ」

掃除の手をとめ、首にかけたタオルで顔を拭きながら振り向いた壮年の馬丁が、紫苑の後ろに立つ星華に気づき、きょとんとまたたく。

そして、慌てたふうに首のタオルを取り、頭を下げる。

「厩舎係の清滝だ」

今日ここに到着してすぐの、芹吹《せりぶき》という名の執事とのやりとりを見ていてわかったが、紫苑は使用人を「家族」と見なす種の人間だ。使用人に対するふるまいは威厳に満ちており、まさに主以外の何ものでもないけれど、そこに冷たい尊大さはかけらもない。

城館の中で使用人たちの姿を見かけるたび紫苑は彼らの名を星華に告げたし、それなりの役職に就いている上位の者であれば直接、紹介もした。

涼白宮《すずしろのみや》家の当主となってからの星華にとっても、家令である時末《ときすえ》をはじめとする使用人たちは、苦楽を共にした家族にほかならない。だから、他家の使用人と口をきくこと自体はべつに嫌ではない。しかし、昨夜、自分が紫苑の寝室でしでかしたことを誰が知っていて、知らないのかが気になって仕方なく、どうにも落ち着かなかった。

それでもみっともなく動揺するのは、軍人としての矜持《きょうじ》が許さない。ほかの者にそうしたように清滝にも、無理やり作った笑顔を「よろしく頼む」と向ける。

直後、「は、は、はいっ。王殿下、様っ」と上擦った声が返ってくる。

「様、はいらないだろう。緊張しすぎだ、清滝」

おかしげに目を細めた紫苑に、清滝が「ですが」と眉尻を下げる。

「こんな目の前で東洋一の花のかんばせと謳われる宮様のお顔を拝見しているのに、緊張するなと仰るほうが無理でございます、殿下」

この主にしてこの厩舎係あり、なのだろうか。清滝の声音や表情に悪意は宿っておらず、腹は立たなかったものの、間違いは正しておくべきだ。

花のかんばせは母親の異名だと訂正するより先に、紫苑が「ならば、早く慣れることだ」と清滝の肩の上で、軽く手を弾ませる。

「これからしばらく、星華はここに通ってくるぞ」

いつ決めたのか、そんな勝手な予定を披露して、紫苑は星華を見やる。

「星華。お前、馬の好みはあるか？」

星華はひとつ息をつき「大人しい性格の馬がいい」と告げる。

その答えに頷き、尖った顎先へ手をやった紫苑が、清滝に「シャノンを出してくれ」と命じる。用意されたのは、穏やかな目をした月毛の馬だった。一方、釣り道具を担《かつ》いだ紫苑が跨がったのは、つややかな毛並みが見事な若い黒馬だ。

「いってらっしゃいませ、殿下方」

「――ああ、そうだ、清滝」

ゆっくりと歩み出した馬の手綱をふいに引き、紫苑が振り向く。

「今日は小日向《こひなた》の誕生日だったな。厩舎スタッフで誕生祝いをするのだろう?」

「はい、殿下。仕事が終わりましたら、二階の食堂で」

「ならば、その前に屋敷のセラーからワインでもビールでも、皆で好きなだけ持っていくといい。俺からの祝いだ」

紫苑からの贈り物は、珍しいことではないようだ。清滝は過度に恐縮することなく、慣れたふうに「ありがとうございます、殿下」と目尻に皺を刻み、礼を言う。

「酔いつぶれて明日に響かぬよう、ほどほどにな」

紫苑はオーディンの腹にかかとを当てる。

再び優雅に脚を踏み出した黒馬の隣につけたシャノンを、星華もゆるやかに歩ませる。

「お前、もしかして使用人全員の誕生日を覚えているのか?」

「記憶力は悪いほうではないからな」

紫苑はこともなげに微笑し、オーディンの歩をわずかに速める。

「ところで、星華」

北欧神話の神の名を持つ漆黒の愛馬の背から、紫苑が首を巡らせる。

初夏の匂いを孕む風になびく髪が、夕日を浴びて赤みがかった金色に輝いている。

「今日の勤務に障りはなかったか？」

今はだいぶんましだが、朝目覚めたときからしばらくは、覚えこまされた紫苑のものの残留感があり、ずっとそこがむずむずしていた。

気がつけば無意識のうちに腰を押さえていて、登庁前の自宅では時末に、研究所では副官に「お腰をどうかされましたか」と心配され、決まりの悪い思いをした。

とは言え、それだけのことで、ほかに不都合はなかった。

「特に、何も」

一言だけ答え、星華は目もとがかすかに赤らんだ顔を、ふいと横へ向ける。

それ以上、紫苑は何も訊《き》いてこず、ふたりで黙って馬を歩ませた。

わずかに先をゆく紫苑とのあいだに流れる沈黙に、心地の悪さは感じない。ほんのりとぬるい夕暮れ時の大気も肌に心地よい。

軽やかに歩を進める美しい月毛の馬に身を任せ、星華は周囲を見渡した。

昨夜はじっくり観察する余裕などなかったけれど、蝶名橋が言っていた通り、城館自体はこぢんまりしていても、敷地は徒歩での移動がまず無理なほど広大だ。

背の高いモミの木や、トウヒ、ハコヤナギ。その下で咲き乱れる淡い色の小さな花々。どこまでも続く庭園の色彩は、蓬萊《ほうらい》のものとはまったく違って、濃い異国の香りがした。

やがて、目的地のポイントに着き、紫苑が馬から下りる。星華もそれに続く。

紫苑は釣り竿を二本持ってきており、先に餌をつけた一本を星華に渡す。そして「あの辺りに投げてみろ」と、川べりに立つ低木の下を指さす。

「あとは何もせず、餌に食いつくのをただ待っているだけでいい」

「うなぎは木の下にいるのか？」

教えられた場所に釣り糸を垂れ、星華は尋ねる。

「必ずというわけではないが、この川にいるうなぎは木の下を一番好むんだ。普通の川だと、橋の周りや川の合流部なんかにもよくいるぞ」

答えながら紫苑は自分の釣り竿にも餌を刺し、少し離れた隣の木のそばに立つ。

「イヤリングの行方は、大体わかった」

濁りを含んだ川面《かわも》に釣り糸を投げ入れ、紫苑は言った。

「怪盗翡翠《ひすい》は、お前の姉君のイヤリングも含め、鹿島《かしま》侯爵邸の夜会で盗んだ宝石類をすべて、その夜のうちに特区の露店で水煎包《シュイジイエンパオ》二個と交換している」

「シュイジイエンパオとは何だ？」

「蒸し焼きにして作る小さい肉饅《にくまん》だ」

「……肉饅？」

「そうだ。焼いてある底の皮がカリカリしていて美味い」

怪盗翡翠がゲーム感覚で盗みをしているというインターネット上の情報は、どうやら真実だったらしいが、星華は何とも拍子抜けした思いでまたたく。

――すべて合わせれば、帝都の中心部で豪邸が買えるほどの価値がある宝石を、小さな肉饅ふたつと交換。藤華《ふじか》の今後を左右する水薙《みずなぎ》伯爵家の家宝は、愉快犯の怪盗にとっては饅頭ひとつぶんの価値もないものだったようだ。

「その露天商は水煎包と交換した宝石をイミテーションだと思い、八つの娘に玩具として与えたが、同居をしている母親が目利きで本物だと見抜き、顔なじみの宝石商に一年分の米券と引き換えさせた。で、その宝石商も誰かに高値で転売した、という昨日の動きまでつきとめた。今は、転売先がどこかを調べている最中だ」

十中八九まだ特区からは出ていない、と紫苑はつけ加える。

「……すごいな、お前。たった一日で、そこまでわかったのか?」

やけに詳細な報告に、思わず感嘆が漏れた。

「どうだ。俺は頼りになるだろう?」

とても自慢げで、それでいて少しも押しつけがましくない朗らかな声音に、星華は「そうだな」と頷く。

すると、紫苑が嬉しそうに破顔した。沈みかけた夕日が目に沁みるせいか、彫刻めいた美貌に湛えられた笑みが何だか妙に眩しくて、星華は足もとへ視線を落とす。

そして、ふと周辺に小さくて白い星形の花が点在していることに気づく。星華は植物のことには詳しくなく、見たことのない花だ。どうしても知りたいわけではなかったけれど、何となくその花の名を尋ねた。

「これは、何という花だ？」

星華の視線の先をなぞった紫苑が、「森の星」と告げる。

それはアリステアでの呼び名で、蓬萊名は「ツマトリソウ」らしい。

「この国では高原へ行かないとなかなか見られないが、アリステアではそこらの野原や森に咲いている花だ」

「と言うことは、この野草はわざわざ植えて育てたものなのか？」

そうだ、と頷きを返されて、星華は気づく。一見とても自然で、けれども蓬萊の色をまったく感じないこの庭園は、北欧の凛《りん》と澄んだ透明な風景に似ている。

「ここは、アリステアの自然を模した庭なのか？」

「ああ。この館は俺が蓬萊へ来たときに、養母上から贈られたのだ。ホームシックにならないようにな」

十八年前、如月宮《きさらぎのみや》妃は遠い異国から迎え入れた養嗣子のために、海を目の前にしたこの地に「小さなアリステア」を築いたのだという。

敷地を彩《いろど》る植物、紫苑が釣り好きだと聞いて作った川に放つ魚、城館の外装や内装。何もかもが徹底して、アリステアのそれに模されたそうだ。

「とは言え、どれだけ細部にこだわって似せたところで、やはりここは俺の生まれ育った場所ではない。空の色も海の匂いも、大気の感触もまるで違う。だが、それでも養母上の気持ちは嬉しかったし、俺は一目でここが気に入った。とてもな」

幼い日の記憶を辿《たど》っているのだろう。美しいアメジストの眸が静かに空を見つめる。

「だから、子供の頃は今よりもっとここで過ごすことが多かった。ちょうど、当時のアリステアの大使に俺と歳《とし》の近い子供が三人いて、皆で泥だらけになって遊んだ。こうやって川で魚を釣ったり、泳いだり、そこらを馬で駆け回ったり。昆虫採集や、狩りの真似《まね》ごともやったな」

そこまで言って、紫苑は何かを思い出したように、ふいに「ああ」と唇をほころばせる。

「夜、子供だけでこっそりキャンプをして、テントを燃やすぼや騒ぎを起こし、こっぴどく怒られたこともあった」

しばらくすると学参院《がくさんいん》でできた気の置けない友人たちも遊び仲間に加わり、広大な庭園でちょっとした探検に興じる日々を過ごしたという。

「ずいぶんと楽しそうな子供時代だったんだな」

楽しかったぞと即答して、紫苑はあでやかにたわめた双眸を星華に向ける。

「蝶名橋《ちょうなばし》もその探検隊の一員だったのか？」

「ああ。しかも、あいつは図々しくいつの間にか住みついた」

あいつ。蝶名橋をそう呼んだ紫苑の口調はとても親しげで、ふたりのあいだに単なる主従関係を超えた深い絆《きずな》があることをはっきりと感じさせた。

もしかすると、紫苑にとって蝶名橋は親友といってもいい存在なのかもしれない。

紫苑と蝶名橋の強い結びつきを、星華はひっそりと羨ましく思った。

子供の頃、星華の周りには「学校指定のご学友」がいた。上級貴族の子弟ばかりだった彼らは、皇族である星華に対して大仰なまでに謙《へりくだ》っているか、借金まみれの涼白宮《すずしろのみや》家の内情を密かに嘲笑《あざわら》っているかのどちらかだった。

表面上は親しくしていても、彼らは本当の意味での友ではなく、星華はいつも孤独だった。だから、子供時代に友人と作った思い出など星華にはない。——何ひとつ。

だが、紫苑と友人になっていれば違ったかもしれない。子供の目には果てしない迷宮のように映っただろうこの巨大な庭園で、自分も心から楽しいと感じられる時間を過ごせていたかもしれない。

——母上の言いつけに背く勇気があればよかったのに。

今さらしても意味のない後悔を覚えながら、星華は川面を眺める視線を揺らす。

「……うなぎ、まだ釣れぬのか?」

「いくら何でも、始めて五分も経たずに釣れるわけはないだろう」

紫苑は笑って、黒髪を掻き上げる。

「まあ、初めてのお前はビギナーズ・ラックが来なければ坊主《ぼうず》かもしれないが、俺は必ず釣る」

妙に強い口調で、紫苑は夕食にうなぎのあぶり焼きを追加させることを宣言する。

「我が家のシェフが作るうなぎのあぶり焼きは、絶品だぞ」

「お前、そんなにうなぎが好きなのか？」

「好きだが、今晩のうなぎは好き嫌いの問題ではない」

「では、どういう問題なのだ？」

「想像した以上に体力のある麗しの美姫に攻め勝って、息も絶え絶えに絶頂の快感にうち震える可憐《かれん》な姿を見るために精力をつけたい、という問題だ」

いきなり卑猥な方向へ話が転がり、星華は呆《あき》れて眉を寄せる。

「……俺は王であって姫ではない。何度も言わせるな」

「お前こそ、仮想的愛の語らいにいちいち真っ正面からの反論をするなよ。セックスには雰囲気作りが大切だって教えただろ」

揶揄する眼差しを投げかけられ、星華は小さく息をつく。

「正直に言うと、俺はずっとお前に好感を抱いていたが、昨夜からお前へのイメージが音を立てて崩壊している」

「ほう。ちなみに、お前は一体、俺をどんな男だと夢想していたんだ？」

紫苑は片眉を上げ、問いかけてくる。

「まっすぐな倫理観と誰に対しても分け隔てのない優しさを持っていて、生々しい欲とは無縁の眩しいくらいに高潔な男だと思っていた……。どの国のメディアでも、よくお前のことを『世界一理想的な王子』だと報じているしな」

蓬莱では皇帝の子である「皇子」以外の皇族男子の身位は皆「王」で、「王子」という呼称は存在しない。だが、メディアや国民は、かつてアリステア王国の第三王子だった紫苑に対して「王子」という愛称を好んで使う。

使用人たちが紫苑を見る目で、アメジストの眸を持つ美貌の「王子」の優しさは本物なのだとわかった。その優美な笑顔が決して人気取りなどの打算の産物ではないと確信して好感を深めた反面、ほかの部分ではずいぶん思いがけない顔を持つことに正直なところ星華は少し戸惑っていた。

「お前の頭は、よくも悪くも一昔前の深窓の姫君だな、星華。そんな山奥の修道院で無菌培養された聖人みたいな王子は、お伽噺《とぎばなし》の中にしかいないぞ」

声音に宿る揶揄いの色を濃くして、紫苑は笑う。

「俺は酒も煙草《たばこ》もセックスも好きで、あらゆる方面で結構な欲望まみれだし、分け隔てのない優しさなど持ち合わせていない。いちいち数えたことはないが、たぶん好きな人間より嫌いな奴のほうが多い」

さらりと告白された人間臭さを厭《いと》う気持ちは湧かないものの、やはり驚いて星華は軽くまたたいた。

「……そう、なのか？」

「ああ。基本的に俺への敵意や差別意識を垂れ流している者は皆、嫌いだが、俺につけたふざけた綽名の布教活動をしているお前の従兄の何とかの宮は特に憎たらしい」

「……この前、大佐の部下を連行したのは、もしや私怨《しえん》か？」

「国益に関することで、公私混同はしない」

鼻を鳴らして言って、紫苑は「だが」と続ける。

「可愛《かわい》がっていた部下を目の前で逮捕されたあの男が、どれだけ泡を食った顔をしていたかを聞いて、その日は一日とても愉快だった」

よほど爽快だったのか、そう告げた紫苑の顔は心底晴れやかだった。けれど、紫苑が困っても、貴彬《たかあきら》が困っても嬉しくない星華は、一緒に喜んでやることはできない。

困惑気味に目を逸らそうとした星華を、紫苑が「なあ」と呼ぶ。

「俺へのイメージが崩壊したついでに、賭けをしないか？」

「……どんな？」

脈絡的に、いささか嫌な予感を覚えつつ、尋ね返す。

「昨夜、お前はもう二度としたくないと言ったが、俺は放尿中のお前の中の、この世の桃源郷のようだった締めつけが忘れられない。だから、これから釣り上げるうなぎより俺のほうが大きければ、今晩もう一度やってくれ」

もはや、どう反応していいか判断がつかず、星華はただ無言で紫苑を見つめた。お前の何とうなぎを比べるのだ、と訊いてやるべきか否か、真剣に頭を悩ませていたさなか、紫苑の釣り竿が大きくしなった。リールが手早く巻かれ、濁った川面からうなぎが姿を現した瞬間、紫苑が嬉々《きき》とした声を上げた。

「見ろ、星華。大物だが、俺のほうが太いぞ！」

高らかに発せられた勝利宣言に呆れつつ、星華は返答に迷う。

うなぎは丸々と肥え太っている。しかし、紫苑の持ちものが非常識な質量を誇るだけに、一見しただけでは即座に勝敗を決しがたかったのだ。

星華の目にはどちらも同じような大きさに見えるものの、紫苑は強硬に自分の勝利を主張している。わからないと言ったり、うなぎの勝ちにしたりすれば館からメジャーを届けさせ、測定を始めそうな雰囲気すら醸《かも》し出して。

国民の憧れの王子がうなぎ相手にむきになり、自分のペニスとの測り比べをする姿など見たくはなく、星華は紫苑を勝者と認めた。そして、数時間後、昨夜の痴態の証拠が跡形もなく消された紫苑の寝室で、自分の判定を後悔しながら様々な色の淫液をあちこちへ撒き散らし、法悦の海の中で溺れた。

何もかもが初めてで戸惑いだらけだった昨夜より身も心も紫苑に馴染んだからなのか、雄を受け入れる二度目のセックスがもたらす快感は深く、強烈だった。

頽廃《たいはい》の夜をあと何度か繰り返し、紫苑が自分を必要としなくなったとき、この身体はどうなってしまうのだろうと少し怖くなるほどに――。


快楽の熾火《おきび》がちろちろと燻《くすぶ》り続ける身体の火照りは、冷水を浴びてもなかなか引かなかった。それでも、いつまでも紫苑の寝室のバスルームを占領しているわけにはいかない。

甘美な気怠《けだる》さが居座る身体を叱咤《しった》して着替え、バスルームを出ると、この部屋の主は神話に登場する軍神のごとき完璧な裸体を堂々と晒して、携帯電話で誰かと話をしていた。

聞かれてはまずい話なのか、紫苑は星華に気づくと「かけ直す」と電話を切った。

「お前の今の姿はまるでラベンダーの野に夕間暮れにだけ現れて、男を誘惑するニンフのようだな、星華。体力自慢の美姫の頬をこんなにも妖艶な薔薇色に染められて、これほど嬉しいことはない」

星華は紫苑を見つめて、ゆっくりとまたたく。

蓬萊人とは感性の違うアリステア人の血が言わせた純粋な賛美なのか、それともそう見せかけての冗談なのか、まるでわからない。考えたところで、意味を解せはしないだろうから、星華は無駄な努力を早々に放棄し、聞き流すことにした。

とりあえず服を着て、用のすんだ猥褻物《わいせつぶつ》をしまったらどうだと勧めたかったが、それも思いとどまった。何かとんでもなく馬鹿らしい言葉が返ってきそうな気がしたからだ。

「考えてみれば、これほど満足できた夜は初めてかもしれない」

「そうか。で、満足したからもう練習はいいのか？」

まさかと笑んで、紫苑はひとりがけのソファに腰をかけ、脚を組む。

神々しいまでの肉体美がそうさせているのか、一糸纏わぬ姿でのそんな行動もなぜか妙に様になっていた。

「麗しの美姫の身も心も虜《とりこ》にするテクニックを習得するのは、ここからだ。できることなら、お前をここに住まわせて毎晩夜通し、その聖なる妖華とも言うべき肉の蕾に挑んで、アナルセックスを究めたい」

あでやかな美貌を言葉もなく眺めやるうちに、我慢しようとしてしきれなかったため息が深くもれた。

「世の中にはお前に恋をしている本物の美姫も多いだろうが、彼女たちがお前のうなぎ王子ぶりを知れば嘆き悲しんで卒倒するだろうな」

「そうか？　むしろ悦ばれる気もするが」

ソファに背を預け、紫苑は双眸を細める。

「ま、どちらにせよ、俺が射止めたいのはこの世でただひとりだ。ほかの者にどう思われようとかまわぬさ」

「それほど、泉堂《せんどう》公爵家の令嬢が気に入ったのか？」

尋ねた星華と視線を搦《から》め、紫苑は艶然と微笑む。

「ああ、気に入った。彼女は俺の幸運の女神《フォルトゥーナ》だからな」

夢のように美しい笑みが、網膜へ沁みこんでくる。もうすぐ婚約者となる公爵令嬢に紫苑が抱く深い愛情までもが浸潤してくる気がして、目の奥が熱くなる。

ふいに落ち着かない気分になって視線を逸らし、星華は「ならば」と声を細く紡ぐ。

「お前のその気持ちを正直に告げて、練習は彼女と励んだほうがいいのではないか？」

「それは、俺とのセックスがもう嫌になった、という意味か？」

「違う……。ただ、そこまで本気で彼女を愛しているのなら、俺とのこんな関係は不適切ではないかと思ったのだ」

「そこは、確かに悩みどころだった」

ため息交じりに笑んで、紫苑は脚を組み替える。

「だが、男としてのプライドが競《せ》り勝った。俺は、初夜から花嫁を悦ばせられる完璧な夫になりたいんだ」

心から愛している者がいるのに、その者のために他の誰かを抱くという心理は、星華にはよく理解できなかった。だが、それはきっと、自分が色恋に疎いからだろう。

そう思ったとき、紫苑の携帯電話が振動した。メールの着信のようだ。携帯電話を操作してそれを読んだ紫苑が、かすかに眉を寄せる。あまりいい内容ではなかったらしい。

「星華。お前、今週末はどんな予定だ？」

「土日の予定は特にないが、金曜の夜は梶川《かじかわ》大将の邸宅で開かれる舞踏会に出る」

「……何？」

紫苑の片眉が高く跳ね上がる。社交界との繋がりをほぼ絶っているも同然の星華が、舞踏会に出ることに心底驚いたようだ。

「お前が舞踏会に？　どうして、また？」

「大将には借りがある。ぜひにと頼まれて、断れなかった」

「どんな借りだ？」

先月、星華はある国際学会で発表をおこなったが、その論文の資料のひとつである古文書の所蔵先が朝凪宮《あさなぎのみや》家とゆかりの深い神社だった。

発表内容の正確を期すためにどうしても必要な資料だったけれど、星華が高萩宮《たかはぎのみや》派に属するゆえに、何度頼んでも閲覧の許可は下りなかった。

「しばらく頭を抱えていたが、その神社の神主が退役軍人で昔、梶川大将の部下だったとわかったんだ。それで、梶川大将に仲介を頼んだ」

「それが嫌々、舞踏会に出席しなければならないほどの借りなのか？」

「そうだ。その古文書を使わなければ、十分な信憑性《しんぴょうせい》のある論文が書けなかったんだからな。特に話題にもならない小さな学会だったとは言え、蓬萊の戦史研究所所長の立場でエントリーしておきながら、まともな発表ができなかったとなれば、俺が個人的に恥をかく以前に帝国の名に泥を塗ることになりかねなかった」

「ほう。そんなものなのか？」

苦笑気味に頷いた紫苑に、星華は「ところで」と言葉を継ぐ。

「かなりの大規模な舞踏会になると聞いたが、お前も出るのか？」

金曜の夜に開催される舞踏会は、梶川大将が掌中の珠《たま》と可愛がっている孫娘と、イギリス貴族との婚約を祝うものだ。

来月にもイギリスへ移住する孫娘のために、梶川大将はできるだけ盛大な舞踏会を開いてやりたいと考えているのだろう。国内外から相当な人数が招待されているらしい。星華にも声がかかったくらいなのだから、紫苑のもとに招待状が届いていないはずがない。

「まあ、一応な」

「一応？」

「出席の返事はしているが、仕事の都合でどうなるかはわからない」

先ほどの連絡が何か関係しているのかと聞こうとして、星華はやめる。

二日続けて濃厚な時間を共にしたせいで何だか勘違いをしそうになったが、自分と紫苑の関係性はそんな立ち入ったことを訊いていいものではない。

「……そうか。それで、週末の予定がどうかしたのか？」

「ああ。これから何日か会う時間がとれなくなるが、おそらく週末までには片がつく。だから、週末はここに泊まってくれ。集中レッスンで遅れを取り戻したい」

週末の集中レッスン——。一体どんな体験をする羽目になるのかと思うと首筋がひどくざわめいたが、拒む権利も理由もないので、星華は「わかった」と短く頷く。

すると、紫苑がソファから立ち上がり「それから」と近づいてくる。

紫苑が脚を踏み出すつど、どっしりとした太く長いペニスが重たげに揺れる。視界の中で強烈な存在感を放つそれから、星華は目を逸らした。

「ひとつ忠告しておく。舞踏会ではブロンシェン人には決して近寄るな。あの国の男だとわかったら、すぐに遠くへ走って逃げろ。いいな」

アジアとヨーロッパの境目に位置するブロンシェン共和国は独立して十年の小国ながら、天然資源に恵まれた豊かな国だ。近年、蓬萊との貿易がとりわけ盛んになり、友好関係が築かれつつある。そんな国への奇妙な注意を促され、星華は首を傾げる。

「なぜ？」

「ブロンシェンも蓬萊と同じく、同性婚が認められているのは知っているだろう？　最近、あの国の支配層のあいだで同性の蓬萊人を伴侶にすることが流行《はや》っているんだ」

「……流行ってる？」

「ああ。実に馬鹿らしいが、どうやら『蓬萊人の伴侶』を持っていることが、富と地位の証らしい。特に価値があるとされているのが、高貴な出の若い美形だ」

お前のような、と紫苑は星華の頤《おとがい》を指先でなぞる。

「もう処女ではないが、生娘なみに初心《うぶ》なお前のことだ。恋愛経験が豊富で、気障《きざ》ったらしい美辞麗句を平然と並べ立てる外国人に熱心に口説《くど》かれれば、舞い上がってころりと陥落する可能性が高い。だが、今お前に誰かと恋に落ちられては、俺はとても困る」

本気で懸念《けねん》する色を湛えるアメジストの双眸を、星華は眇め見る。

「そんな心配は無用だ。意味不明な美辞麗句にはお前で慣れたし、そもそも俺は誰とも結婚する気はないと言っただろう」

「その気はなくとも、恋とは予定外に突然押しかけてきて心に居座り、理性ではどうにも制御できなくなるものだぞ、星華」

「だとしても、俺は皇族の身分をなくすような恋はしない」

「姉君の安泰な結婚生活を守るために？」

「そうだ」

シスコンめと苦笑し、紫苑はしつこく念を押した。ブロンシェン人には近づくなと。

「一曲、お相手願えますか？」

星華が差し出した右手を、壁際の椅子に腰掛けていたその伯爵令嬢はしばらくきょとんと見つめたあと、何か禍々《まがまが》しいものでも目にしたかのように慌てて顔を逸らした。

「あ、あのっ。でも、わたくし……っ」

うつむいて口ごもってしまった若い令嬢の隣で扇を広げていた母親らしき女が「まあ、この娘《こ》ったら」と眉をひそめる。

「殿下のお誘いなのに、無礼ですよ。さあ、お相手をしていただきなさい」

「でも、お母様。私、ダンスがとても下手ですし、それに、あの……」

声を震わせて答えていた令嬢がふいに大きく息を吸ったかと思うと、ふらりと上体を揺らした。そして、そのまま母親の膝の上へと倒れこむ。

「まあ！　殿下、申しわけございません」

母親は慌てたふうに謝罪し、娘の介抱のために「誰か」と助けを求めて、周囲をおろおろと見回す。自分の目の前で気を失った令嬢を休憩室へ運ぶ役目を申し出たけれど、母親に「とんでもないことでございます、殿下」と、即座に固辞された。

近くにいた将校の手を借りて舞踏室を出ていく母娘を見送り、星華は内心でため息をつく。舞踏会の出席者としての義務を果たすべく、今晩ダンスに誘った相手に気絶されるのはこれで三人目だ。意図してやわらかく作った笑顔を向けているのに、うら若い令嬢たちにこうも怯えられるのは、自分のあずかり知らないところで様々に変形しているらしい「変人」の噂が原因なのだろう。だが、それにしても嫌なら嫌と普通に断ってくればいいのに、なぜ誰もかれもあんなにも大げさに全身で拒絶するのだろうか。

いささか傷ついた心を抱え、それでもまっすぐに顔を上げて平然を装い、星華は飲み物が置いてある場所へ向かった。四方から無遠慮に集まってくる好奇の眼差しを無視し、着飾った招待客たちのあいだを足早に縫っていたさなか、ふいに誰かと肩がぶつかった。

「――失礼」

咄嗟に詫びる。ぶつかった相手は、星華と同じ陸軍の夜会用礼服を纏った若い男だった。襟や袖口のモール飾りの色が示す階級は大尉だったが、男は中佐である星華と視線を合わせようとすらしなかった。おそらく、そんな余裕などないのだろう。顔は驚くほど青白く、額には脂汗がびっしりと浮かんでいる。目の焦点もどこかうつろだ。

「大丈夫か、大尉。気分が悪いのなら、誰か人を――」

「け、結構っ」

低く尖った声を放ち、男はふらふらとした足取りで人波の中へ消えた。

かなり体調が悪そうな男の様子が気になりはしたものの、この舞踏室には数百人の人間がひしめき合っている。もし倒れても、そのまま放置されることはないはずだ。

楽しげな笑い声のさざめきや流麗に響く音楽、豪華なドレスと宝石の輝きがまばゆく溶け合う空間を進み、飲み物や軽食が用意されているスペースへ星華はどうにか辿りつく。そして、シャンパングラスを手にして、ゆっくりとあたりを見回した。

名門貴族でもある梶川大将が社交界と軍で培《つちか》った長年の人脈と人望を活《い》かしきって開いた今夜の舞踏会は、聞いていた通り、個人主催のものとしては近年まれに見る規模だ。外国の貴族や著名人が驚くほど多い上に、この舞踏室が蓬莱の社交界そのものと化している。その中には、視線が合うと会釈を返してくる見知った顔がいくつかあった。しかし、日頃の不義理が祟り、星華に話しかけてこようとまでする者はいない。

会えることをあてにしていた貴彬は、欠席のようだった。おまけに、紫苑がしつこく「近づくな」と忠告を繰り返していたブロンシェン人にも、今のところ遭遇していない。メールでイヤリングの調査状況を報告してくるたびに念押しされ、却《かえ》ってちょっとした興味が湧いてしまったのに。

こうなる可能性が高いことを承知しての参加だったとは言え、好奇の目に晒されての孤独はやはり居心地が悪くて仕方ない。

人前なので言葉は交わせないけれど、その姿を見つければ塞いだ気が少しは晴れるように思い、この広い舞踏室のどこかにいるはずの紫苑を捜した。

だが、人が多すぎて見つからない。もしかしたら、もう帰ったのだろうか。何か連絡が入っているかもしれないと上着の内ポケットから携帯電話を取り出してみたが、新たな着信はなかった。

携帯電話をしまいながら、思わずため息をつきそうになったときだった。

すぐ近くで、悲鳴交じりのざわめきが上がった。

何事かと視線をやると、割れた人垣の先にふたりの男がいた。燕尾服《えんびふく》を纏った小柄な男の胸もとを、軍人が締め上げている。——先ほどの大尉だった。

「嘘つきめっ、俺を騙したのかっ！」

自分よりも一回り以上小さい身体を持ち上げる勢いで、大尉は男にすごむ。

「ここに来れば、新しいものを渡すと言っただろうが！」

「だ、だから……、何の話だっ。私は君なんか知らんぞっ。人違いだっ」

「いいや、お前だっ。お前だ！」

呂律《ろれつ》の回っていない声で喚《わめ》き、大尉は男の身体を乱暴になぎ倒す。

周囲のざわつきが大きくなってゆくのを気にするふうもなく、そばのテーブルに置かれていたワインボトルを大尉は手に取る。

「早く渡せっ。でなきゃ、殺すっ」

テーブルに叩きつけて割ったボトルの先を男に向け、大尉は叫ぶ。

鋭く尖ったガラス片を眼前に突きつけられた男は、大尉の異様な剣幕に腰が抜けたのか、ただ呆然《ぼうぜん》と唇をわななかせているだけだ。

星華は咄嗟に辺りを見回す。混乱し、犇《ひし》めく人波に進行を阻《はば》まれているのか、多く配置されているはずの武装私兵の姿はまだ見えない。しかも目につく範囲の男たちは皆、燕尾服姿の民間人ばかりで、軍服は星華ひとりだ。

星華は床を蹴り、駆け出す。考えるより先に身体が動いていた。

「やめるんだ、大尉！」

星華は持っていたシャンパングラスを、大尉の足もとへ投げつける。右の踝《くるぶし》あたりに命中したグラスが砕け散った。衝撃自体は大したものではなかっただろうが、星華は大尉が視線を下げた隙を逃さず跳躍して間合いを詰め、その腹部へ拳を打ちこんだ。

「——ぐっ、ぁ……」

低く呻いた大尉の手から、凶器のボトルがすべり落ちる。

それを星華は遠くへ蹴り飛ばす。さらに腹部をかばうようにしてよろめいた大尉の脚を払い、倒れた身体を押さえこむ。

「放せっ、放せぇっ」

大尉は薬物中毒なのかもしれない。目が虚《うつ》ろなわりに、自由を取り戻そうと暴れる力は

異様なほど強く、細い星華の身体は幾度も波を打って浮き上がる。

　このままでは押さえきれないかもしれない。大尉を拘束できるものを探して顔を上げたとき、ようやく私兵たちが連なって押し寄せてきた。

「殿下！　お怪我《けが》はありませんか？」

「ああ、大丈夫だ」

　私兵の部隊長らしい男に大尉を引き渡し、星華は立ち上がる。

「殿下はこの男をご存じですか？」

「いや、知らぬ」

　星華は答えて、尻餅をついた格好で固まっていた燕尾服の男を助け起こす。

　男は部隊長に同じ質問をされ、激しく首を振った。見ず知らずの大尉にいきなり襲いかかられたのだと訴える男に、部隊長は困惑顔を見せる。

「とにかく、別室で詳しくお話を伺わせてください。殿下も誠に申しわけありませんが、念のためご同行願えますか？」

「ああ。もちろんだ」

　気がつけばオーケストラの奏でる音楽はやみ、周りには人だかりができていた。誰もが皆、星華へ視線をそそいで、何やらひそひそと言葉を交わしている。

　見世物小屋の珍獣状態を一刻も早く脱したくて「では、案内してくれ」と部隊長を促した直後、銃声のような乾いた音が響いた。

今、邸内で武器を携帯しているのは会場の警備に当たっている梶川大将の私兵だけだが、こんな場所で彼らが発砲するなど、よほどの事態でなければあり得ない。

聞き間違いかと思って澄ました耳に「追え！　逃がすな！」と鋭い怒声が届く。続けざまに室内の奥のほうから、悲鳴を上げる人波が押し寄せてくる。

「どうしたっ。何があった？　報告しろ！」

部隊長が怒鳴った無線から、「よ、吉安《よしやす》が、ブロンシェンの大使を撃ちましたっ」と叫び声が返ってくる。

「何？　どういうことだ」

舌打ちをした部隊長の脇で、私兵のひとりが「隊長、吉安がっ」と指をさす。

そちらを見やると、ドレスの貴婦人や燕尾服の紳士を押し倒しながら、出入り口へ突進する私兵の姿があった。

「二班と三班はここに残って、このパニックを速やかに収拾しろ。あとの者は俺に続け！」

部隊長がそんな指示を飛ばしていたさなか、逃走していた私兵の前方へ突然、黒い影が流れた。そして次の瞬間、私兵の身体が宙を舞い、床の上に叩きつけられた。

一瞬の早業で狙撃犯を捕らえたのは、紫苑だった。

顔をゆがめて呻いた私兵が、膝を抱えて床の上で丸くなる。全身を強打した痛みに震えているのかと思ったのもつかの間、私兵の手がズボンの裾の中へ伸びた。

何か武器を隠し持っているのだと直感し、背を凍らせた星華の視界で、素早く動いた紫苑の靴先が私兵の腕を踏みつける。

「往生際《おうじようぎわ》が悪いぞ、愚か者」

圧倒的なまでにあざやかな捕り物劇に、混乱に支配されていたはずの室内がしんと静まり返る。数秒の間を置いてその静寂を破ったのは、興奮気味の黄色い声だった。

「素敵ですわ、殿下！」

「本当に。まるで映画のようでしたわ！」

「ええ、ええ！　でも、どんな映画スターも、殿下の勇敢さや美しさには敵《かな》いませんわ」

賞賛の言葉があちらこちらで次々に上がり、拍手喝采が沸き起こる。しかも、ここぞとばかりに演奏を再開したオーケストラの、豪華なバックミュージックつきだ。

まさに舞台でスポットライトを浴びて光り輝く俳優のような紫苑の美丈夫ぶりを、星華はじっと見つめた。

ブロンシェンの大使を狙撃したという私兵が隠し持っていた武器で、紫苑が傷つくかもしれないという緊張はほぐれたはずだ。なのに、胸の奥で響く奇妙な高鳴りが治まらない。

この速い鼓動を生んでいるのは、何なのだろう。

似たような立場で同じようなことをしたにもかかわらず、自分が浴びたのは珍現象への驚嘆めいた眼差しだったことへの不満だろうか。

――そうではない気がする。違う、と強く思いはするけれど、ならば何であるのかが、星華には皆目見当もつかなかった。

狙撃されたブロンシェンの大使は実際には驚いて転んだだけで、集団パニックを起こしかけていた客の中にもかすり傷以上の怪我を負った者はいなかった。実害らしい実害がなかったため、本来は大問題に発展してもおかしくなかった「梶川《かじかわ》大将邸舞踏会事件」は、翌朝の報道では「紫苑《しおん》殿下の素敵な武勇伝」へと見事にすり替えられていた。

もともと皇族男子の中で絶大な人気を誇るだけに、大げさなまでに紫苑の活躍が褒め称えられる一方で、狙撃犯の素性や大使が狙われた理由など、事件の核心についてはすべてが曖昧にぼかされていたのだ。

星華《せいか》が捕らえた薬物中毒らしき大尉の件に至っては、報道すらされていない。

何だかとても釈然としない気分だった。決して、紫苑が集める名望に嫉妬をしているわけではない。その証拠に、腹は少しも立っていない。

なのに、一晩経っても胸のおかしな疼きは静まるどころかひどくなっており、昨夜の紫苑の姿を思い出すたび、鼓動が痛いほどに速くなる。

このまま紫苑に会うと、胸を不穏にざわめかせるものがよけいに大きくなるような気がした。しかし、かと言って顔を見たくないわけではない。むしろ早く会って確かめたいことがあり、星華は予定通り、昼食後に迎えに来た蝶名橋《ちようなばし》の車に乗った。

明日は雨になるのか、車窓の向こうに広がる空は薄曇りだ。

海辺の城館に到着すると、錬鉄の門を開けた頑健そうな初老の門番に蝶名橋が運転席の窓を下ろし、「紫苑様はお戻りか？」と尋ねた。

まだだ、と門番は首を振る。

「まだか？　長いな」

「まあ、紫苑様だからな。いつものことだ」

門番の答えに苦笑を返し、蝶名橋は車を出す。

「殿下。少し前に紫苑様が千景川《ちかげがわ》で、溺れた犬を救出されたのをご存じですか？」

「ああ。うなぎ釣りの最中にタモで掬ったんだろう？」

「ええ。よくご存じですね」

「たまたまテレビで見た」

「殿下、テレビなんてご覧になるんですか？」

バックミラーに映った蝶名橋の目が、笑い和んで細くなる。

「テレビくらい見る。それで、あいつはもしかして人を呼びつけておいて、出かけているのか？」

「いえ、ここにいらっしゃいます。でも、庭でピクニックをされているんです。助けた犬の飼い主の一家と」

聞くと、飼い主の少年から「できれば、直接お礼が言いたいです」という手紙を受け取った紫苑は、犬と少年の一家を今日の昼食に招待したのだそうだ。

「殿下がお着きになる前に屋敷へお戻りになる予定でしたが、時間を忘れて楽しんでいらっしゃるようですね」

紫苑様の庭遊びは大抵いつもこうなんです、と蝶名橋が笑う。

「言葉を選べば『自然がお好き』、率直に申し上げれば『野生児』ですからね、紫苑様は。この広さが災いして、今も昔も放っておくといつまで経ってもお帰りにならず、予定の時間に食事を作るシェフを、しょっちゅうぷりぷり怒らせるんです」

――最高の料理には、最高の食べ時というものがあるんでございますよ、殿下！

それが、この城館に長年勤めるシェフの口癖らしい。

「私がこちらでごやっかいになりはじめた頃に聞いた話なんですが、子供の頃の何かのお祝いの日、パーティーの準備はすっかり整ったのに、肝心の紫苑様が奥庭での塹壕《ざんごう》掘りに夢中になって帰ってこられず、痺れを切らしたシェフがオートバイを飛ばして迎えに行き、紫苑様の首根っこを摑んで連れ戻したこともあったそうです」

「よく使用人に追いかけられる男だな。アリステアにいた頃、ヴァイオリンの授業をさぼって海へ逃げて、ロシア人の教師に水上バイクで追いかけられた話を私も聞いたぞ」

「それは初耳ですが、いかにもなお話ですね。紫苑様は何かと自由なお方ですので」

答えて、蝶名橋は愉快そうに肩を揺らす。

「ですが、殿下のご到着をお知らせすれば、きっと全速力で一目散に帰ってこられますよ。連絡いたしましょうか？」

直接、確認などしていないが、蝶名橋は星華と紫苑が密会して何をしているか、知っているはずだ。呼び戻してくれと頷けば「早く紫苑とセックスがしたい」と望んでいることになるような気がした。だから、星華はすぐさま「いや、いい」と首を振った。

「それはそうと、天気がいいわけでもないのに、なぜわざわざ庭で食べているのだ？」

「食堂では、気疲れすることを配慮されたのでしょう」

「気疲れ？」

「ええ。犬の飼い主の一家はごく普通の一般市民です。ただでさえ、紫苑様の招待を受けて緊張しているのに、自分たちの精一杯の正装よりもずっと身なりのいい召し使いに、いちいち給仕されては、食事がなかなか喉を通らないでしょうから」

自分では決して思い至らないだろう濃《こま》やかな配慮に感心しつつ、星華は「そんなものなのか」と返す。

「ええ。あ、殿下。せっかくですから、ピクニックの様子を少しのぞいてみますか？　殿下のお顔を見られてしまわないよう、遠くからこっそりですけど」

他人の食事風景などのぞき見ても特におもしろいと思えそうになかったが、蝶名橋は星華の返事を待たずに勝手に進路を変えた。

五分ほど走ったところで車がとまる。なぜそんなものがあるのか、双眼鏡を渡された。

「紫苑様たちは、あそこのコケモモの木の辺りです」

自分も双眼鏡を手にする蝶名橋に教えられた方向へ、レンズを向ける。以前、小説で読んだ、車で張り込みをする刑事にでもなった気分で。

最初は緑ばかりだった丸い視界の中にやがて紫苑と、湾岸特区の店先のテレビで目にした月山《つきやま》少年にトイプードルのこげぱん、そして両親らしき男女の姿が映る。

広げられた敷物の上には食事や飲み物がずらりと並んでいるが、周囲に使用人の姿はない。近くにとまっている屋根なしの軽自動車にも運転手の姿はないので、紫苑が自ら三人と一匹を乗せて運転してきたのかもしれない。

「この館の者は、誰も同行していないのか？」

招待した一家の背景調査や武器所持の有無などの安全確認がされていないはずがないけれど、昨夜、暗殺未遂現場に居合わせただけに、ついそんな問いが口をついて出た。

「紫苑様が必要ないと判断されましたので。が、念のための対策は万全ですので、どうぞご安心ください、殿下」

声音を穏やかに響かせ、蝶名橋は「紫苑様がご心配ですか」と尋ねてきた。

とても心配だったけれど、それを素直に口にするのは気恥ずかしかった。

「……今、あやつに何かあれば、迷惑をこうむるからな」

少し素っ気なくごまかし、星華は双眼鏡の焦点をうなぎ王子に合わせる。

敷物の中央で伸ばした脚にこげぱんを乗せている紫苑は、長袖シャツにジーンズという軽装で、よく見ると裸足《はだし》だ。その正面で、月山一家が紫苑を囲んでいる。父親はスーツの上着を脱いで胡座《あぐら》をかいており、洒落《しゃれ》っ気《け》のある若草色のワンピースを纏っている母親も脚を崩している。蝶ネクタイに半ズボンの月山少年は皿に盛ったケーキを頬張っており、紫苑の脚の上で丸まっているこげぱんはどうやら眠っているようだ。

こげぱん以外の月山一家と紫苑の距離は、少し遠い。だが、多少の遠慮はあるにせよ、誰もが寛ぎ、紫苑との草上での食事を本当に楽しんでいることがはっきりとわかるいい笑顔をしていた。

彼らにそうさせているのは、紫苑のあたたかな笑顔と優しさだ。

紫苑は星華に、自分はお伽噺の中の王子ではない、と言った。確かに寝室ではうなぎ成分が多すぎるものの、普段のああした姿を見ているとやはり愛や慈《いつく》しみ、希望や勇気といった輝かしいもので満ちたお伽噺の王子のようだと思う。

　そして、そんな紫苑を星華は好ましく感じた。

「殿下。私は時々つくづくと思うのですが、紫苑様は本当に不思議な魅力をお持ちの方ですよね」

　おもむろに双眼鏡を下ろし、蝶名橋が言った。

「その身に尊い血を宿していながら、目の前にした者を萎縮させたり、怯えさせたりすることは決してなく、尊敬や忠誠、思慕、ときには崇拝の念すら自然と引き出してしまわれる。私は無神論者ですが、この世に祖先から受け継いだ血ではなく、神の意思によって遣わされた真の意味での生まれながらの王がいるのなら、それは紫苑様だと思うことすらあります」

「ずいぶんな心酔ぶりだな」

　解釈の仕方によってはかなり過激な内容にも受け取れる発言に苦笑し、星華は自分ものぞき見をやめてシートに背を預ける。

「心酔というよりは、信仰に近いのかもしれません」

「信仰？」

「はい。皇軍の一員である以上、私は皇帝陛下に心からの忠誠を誓っておりますが、それでも陛下のために死ねるかと問われれば疑問です。しかし、紫苑様のためなら、いついかなるときでも、この命を捧《ささ》げるつもりでおりますので」

強い口調で断言して、蝶名橋は「ですが」と小さく息をつく。

「紫苑様が私の命を望まれることなど、まずあり得ませんから、せめてものご恩返しとして最近は毎朝毎晩、紫苑様がお望みの未来を手に入れられるよう願っております」

「それは縁談のことか？」

長いあいだ交流を絶っていた星華に紫苑がそこまで話していることに驚いたのか、蝶名橋はわずかの間を置き、「ええ、そうです」と頷いた。

「私は、紫苑様には幸せなご結婚をしていただきたいと思っております。そのためにも、本当に好きな方と結ばれ、互いに愛し愛される円満なご家庭を築いていただきたいのです」

「きっと大丈夫であろう。お前の自慢の主人を厭う婦人がいるとは、思えぬからな」

「そうであればよいのですが、恋とは何かとままならぬものですから、殿下」

近々、婚約者となる公爵令嬢の心を掴むため、あれほど懸命な努力をしているのだから、紫苑がこの恋に破れるはずがない。心配のしすぎだ、と星華は笑おうとした。

だが、頰がふいに強張って上手《うま》くいかず、失敗した。

蝶名橋同様、星華もただひとり自分に助けの手を差し伸べてくれた紫苑の恋が、無事成就することを願っている。それは偽りのない気持ちだ。

なのに、頬を薔薇色に染めた公爵家の美姫と寄り添い、めでたしめでたしと後世に語り継がれるお伽噺のような結婚式を挙げる紫苑の姿を想像してみると、どうしてなのか、あまりいい気分がしなかった。

「待たせて悪かったな、星華」

通された城館の応接間に現れた紫苑は、このあと遠乗りにでも行く気なのか、乗馬服に着替えていた。

執事の芹吹《せりぶき》にコーヒーを出されてから二十分ほど経っていたが、ぼんやりしていたせいであまり待った気がせず、星華は「いや」と首を振る。

星華の向かいのソファに腰を下ろした紫苑はまず、今のところは昨日と変わりがないというイヤリングの調査状況を報告した。怪盗翡翠が盗んだいくつもの宝石を露天商の母親から思いがけず手に入れた宝石商は、それらを分散して闇ルートに流したらしい。その中からイヤリングの行方だけを追うことに、少々てこずっているという。

そう告げた紫苑が、ふと小首を傾げる。

「どうかしたのか？　やけに浮かない顔だな」

お前の結婚式を想像したらなぜか気分が悪くなった、と正直に明かすわけにもいかず、星華は「何でもない」と小さく返す。そして、少し強引に話を逸らした。

「それより、昨夜の騒ぎの件で訊きたいことがある。お前が、舞踏会でブロンシェン人に近づくな、と言っていたのは、暗殺計画を予《あらかじ》め知っていたからなのか？」

「まあ、半分はな」

肩をすくめた紫苑によると、暗殺計画の情報をもたらしたのは、先日逮捕した貴彬《たかあきら》の部下だった吉里《よしざと》中尉らしい。減刑との引き換えの情報提供だったという。

吉里は北李《ほくり》の女スパイに操られ、陸軍内で将校たちを相手に麻薬を売っており、いっときの快楽を得るために何でもする中毒者を幾人も「製造」していた。そんなある日、女スパイが誰かと電話で話しているのを偶然、盗み聞きした。そして、中毒者の将校のひとりを梶川大将の舞踏会に潜入させて騒ぎを起こし、その混乱に乗じてブロンシェンの要人を暗殺する計画が立てられているのを知ったらしい。

「出席する十二人のブロンシェン人の中の誰が狙われているのかも、送りこまれる麻薬中毒の将校が誰なのかも、具体的なことは何ひとつわからなかったし、そもそも本当にそんな計画が存在するのかもあやふやだった。だが、危なそうなものには用心して、近づかないに越したことはないだろう？」

麻薬中毒者のほうにお前が近づくとは想定外だったが、と紫苑は苦笑した。

「もしかして、あの大尉が襲っていた男も一味のひとりだったのか？」

「いや、違う。彼はただの被害者だ」

麻薬に冒された大尉が舞踏会場にいると聞かされていた架空の密売人と、不運にも背格好が似ていたらしい。

「狙撃手は蓬莱人《ほうらいじん》と北李人のハーフで、アジアを転々としている殺し屋だ。暗殺の首謀者のほうはまだ確定はしていないが、どうやらブロンシェンの閣僚らしい。権力争いの私怨のようだが、梶川大将はとんだとばっちりだな」

「そう言えば、梶川大将には暗殺計画のことは何も知らせていなかったのか？」

「ああ」

「なぜだ？　予め知らせておけば、騒動を未然に防げたかもしれないのに……。婚約記念の舞踏会を台無しにされた令嬢が、憐《あわ》れではないか」

「安心しろ。彼女は盛大な舞踏会がより派手なアクション映画に早変わりして、いい思い出になったと喜んでいたぞ」

「しかし、梶川大将はそうではないだろう。同じ陸軍なのに、情報局から何も報告がなかったことを、快く思っていないのではないか？」

「まあ、そこは仕方がないことだ。僻地の研究所にこもっているお前は気づいていないかもしれないが、梶川大将と情報局の関係は決してよくはない。不確かな情報で梶川大将の私邸の警備体制にケチをつけることは、できなかったからな」

ソファに深く背を預け、紫苑は「それにしても」と星華に向ける双眸を、やわらかくためる。

「俺が危険な目に遭うこともなかったのに、とは心配してくれぬのか?」

「……お前は、好きこのんで目立ちに行ったように見えたぞ」

「心外だな。俺は、あの場で最良の方法をとっただけだ。あそこで俺が動けば、一番早く狙撃犯を捕らえられたからな」

「大した自信だな」

「そう褒めるな。照れるじゃないか」

「べつに、褒めてない。それより、ここまで聞いておいて何だが、こんな情報、俺に話してもいいのか?」

「問題ない。お前に教えても、そこから誰かに漏れるわけではないからな」

強い信頼を感じさせる眼差しが照れ臭く、星華はぎこちなく視線を泳がせた。

「……それで、もう半分は何なのだ?」

「あとの半分は言った通りだ。ブロンシェン人の男は、蓬莱人の若い美形にすぐに言い寄ってくるから、その忠告だ」

「なら、そちらはまったくの取り越し苦労だったな。ひとりも寄ってこなかったぞ」

「お前が好みではなかったから寄ってこなかったと思っているのなら、大間違いだぞ」

「どういう意味だ？」

「あまりに美しすぎる花には近づきたくても近づけなかった、ということだ。この世ならざる清らかな輝きを間近にすれば、目が潰れてしまうからな。現に、お前がダンスに誘った令嬢たちは、ばたばた気絶していたではないか」

「……あれは、俺の誘いを断るための振りだろう？」

「お前は自分が周囲からどう見られているか、まるでわかっていないな、星華」

「わかっている。人嫌いの変人の宮だ」

「確かにそれもある。実際、お前はつき合いが悪いからな。だが、多くの者はお前を『変人』ではなく、『蓬萊の白い薔薇』と呼んでいるぞ」

「……何だ、それは」

「国民がお前につけた愛称だ」

「そんな妙な綽名をつけられた覚えはない」

「知らぬは本人ばかりなり、というやつだ、星華」

笑って、紫苑はソファから立ち上がる。

「来いよ、星華。『蓬萊の白い薔薇』に、我が家自慢の白薔薇園を見せてやろう。ちょうど今朝、満開になったところだ」

敷地の東側にある丘を越えると、見渡す限りの一面に白い薔薇が咲き乱れていた。幾重にも重なり合ってあでやかに開く花びらは透き通るつやめきを宿し、ときおり吹くやわらかな風に乗って、甘い芳香がふわりと優しく舞っている。

自慢するだけあって、見事な白薔薇の園だ。曇天のもとでもこれだけ目を奪われる光景なのだから、晴れていればさぞかし絵になるのだろう。

「ここは元々は、アリステアの王宮にある薔薇園を模して造られたものだ。だが、俺はこちらのほうがずっと美しいと思っている」

園丁《ガーデナー》たちの腕がすばらしいのだ、と紫苑が星華のすぐ背後で誇らしげに告げる。

先日のように自分にも馬を用意してもらえると思っていたが、今日は紫苑の愛馬であるオーディンにふたり乗りだ。

紫苑に「薔薇園へは、ふたり乗りで行くと決めている。そのほうが、それらしい雰囲気が出るからな」と、なかば強引にオーディンの背に乗せられたのだ。

おそらくセックスと同様、未来の婚約者とそうするときのための予習なのだろう。

「曇っているのが惜しいが、それでもいい眺めだろう?」

「ああ、そうだな」

「まあ、とは言え、お前の美しさにはまったく敵わぬがな」

耳もとでそう囁いた紫苑の吐息を首筋に感じ、星華はくすぐったさに睫毛《まつげ》を揺らす。

「そういう戯《ざ》れ言《ごと》は、女に言ってやれ」

「女も男も関係ない。俺は、美しいものに美しいと言う」

「そう言われて、喜ぶ男はいない」

「だが、お前が美しいのは事実なのだから、仕方ない。初めてお前を見たとき、沈丁花《じんちょうげ》の精かと思ったくらいだしな」

「沈丁花の……？　どうして？」

「あのとき、お前が白い花を咲かせた沈丁花の茂みの向こうからいきなり現れたからだ」

紫苑と初めて会ったのは、皇城の奥庭だ。それはもちろん覚えているが、そこに沈丁花があったかどうかまでは覚えていない。紫苑の澄んだ夜空でまたたく星のようなアメジストの眸に感動した記憶ばかりが、鮮明なせいだ。

「……そう、だったか？」

「薄情な奴だな。俺は、こんなにはっきり覚えているのに」

わざとらしいため息を落として、紫苑は嘆く。

「お前が、星みたいだと言って、俺の目を食い入るように見つめていたのも覚えているぞ。あんまり綺麗だ綺麗だとはしゃがれるから、つい目を取りだしてお前にやりたくなった」

「目なんか、もらっても困る」

頬がかすかに上気するのを感じながら、小さく言う。

あのとき交わした言葉を紫苑も覚えていた。それがわかり、何だかとても心が弾んだ。

軽口を投げ合う男ふたりを乗せ、オーディンがゆっくりと白薔薇の園を歩く。

純白に煌めく花の海の中を漂ううちに、胸を覆う靄《もや》が薄くなっていった。

「あの頃の俺は、望まれれば目でも何でも差し出すのが、王子という立場にある者の務めだと思っていたんだ」

「なぜだ？」

「心を持つ王子の像が、自分の身体を覆う金や宝石を苦しむ民に分け与える童話があるだろう？　アリステアで俺についていた乳母があの話が好きで、何度も読み聞かせられた結果、そう思いこんだんだ」

今、考えてみれば、あれは一種の洗脳だったのかもしれない、と紫苑が笑う。

「お前は、そんな昔から博愛の王子だったんだな」

「違う。言っただろう？　俺はお伽噺の中の王子じゃない。欲望まみれのただの人間だ」

「だが、お前ほど民への思いやりに満ちた皇族はいない。先ほども、そうだった」

「何のことだ？」

「お前が川で助けた犬の家族と、庭で食事をしていたときのことだ。蝶名橋がのぞかせてくれた」

まったく、あいつは、と紫苑が苦笑を漏らす。

「あれは単なる通常のもてなしの範疇《はんちゅう》だ。思いやりがあると言うなら、お前のほうだと思うぞ？」

「俺が？　なぜ？」

「学参院の生徒だったとき、隠されたり、捨てられたりした蝶名橋の持ちものを、取り返して届けてやっていただろう？」

当時、蝶名橋の所持品は、あらゆるものがよく消えた。皇族と貴族のための学院に平民が交じっていることを快く思わない者らによる、陰湿な嫌がらせだ。

異母姉たちから同じ虐めを受けた経験がある星華は、そうされた者がどれだけ傷つくかを身をもって知っていた。だが同時に、自分が皇族として表面上は敬われていても、経済力も権力もない宮家の出であることを嘲る者が多い現実も、十分理解していた。

だから偶然、犯行現場を目撃したときには、面と向かって注意をする勇気は持てなかったけれど、被害に遭った物を拾い、可能な限り元の状態に戻して蝶名橋に渡していた。

落ちていたぞと一言、無愛想に告げて。それが、星華にできる精一杯だった。

「あれは……、取り返したのではない。ただ拾っただけだ」

「些細《ささい》な違いだ。あいつにとっては、見て見ぬ振りをする者ばかりだった中で、お前がそうではなかったことに意味がある」

紫苑は静かにそう言った。

「現にあれで、蝶名橋はすっかりお前のファンだ。お前に迷惑をかけたくないからと控えていたものの、本当はお前と親しくなりたくて仕方なかったようだな。俺の前でもお前の話をよくしていたし、こうやってお前とまた接する機会ができたことを喜んでいるぞ」

蝶名橋が星華に見せる態度はとても慇懃だ。「主人の客」に対する礼節の一線を決して越えないし、口にするのは紫苑への賛美ばかりなので、自分にも個人的な好意を持たれていたとはまるで気づかなかった。

驚き交じりの照れ臭さが湧いた反面、低劣なおこないを目の前にして「やめろ」と言えなかった自分を星華は恥じた。

「そうか……」

星華の身体を包みこむようにして手綱を操っていた紫苑は「ああ」と答え、ふと笑った。

「考えてみれば、あいつとのつき合いがここまで長く続いているのも、あの頃に同じ傷を舐め合った絆のせいかもしれないな」

「同じ傷……?」

「ああ。麗しく気高い花の精と友になりたくとも、なれなかった心の傷だ」

紫苑の放った声は冗談めいていて、星華を責めるものではなかった。

だからこそよけいに、本当はすぐにでも握り返したくてたまらなかった紫苑の手を、拒み続けたことへの後悔と罪悪感が心臓を疼かせた。

「……本当は俺も、……俺もずっと、お前の友人になりたかった」

星華は目を伏せて、小さくこぼす。

「だが、俺には母上の言葉に……、俺たちの生きる世界の運命《さだめ》に背く勇気がなかった」

すまなかった、と詫びようとした直前、耳もとで「何だ」と紫苑の声が高く弾む。

「では、俺たちは両想いだったのか」

星華の耳朶に唇を押しつけるようにして、紫苑がやわらかな笑みを響かせる。

「ならば、今からなればいい」

「――え？」

「俺とお前は今から無二の友だ、星華」

屈託なく発せられた朗らかな宣言に、星華は大きく目を見開く。

「いや、しかし……」

「何か、問題があるのか？」

「あるだろう。俺たちは敵対派閥同士だぞ？」

咄嗟に返した言葉は、「馬鹿馬鹿しい」とすぐさま笑い飛ばされる。

「何百年も前の後宮での権力争いに端を発してできた派閥だぞ？　受け継ぐことに意味のある文化的技能ならともかく、顔も知らない遠い祖先たちの恨みつらみを、俺たちが後生大事に守ってやらねばならぬ義理などないはずだ。そうだろう？」

「理屈では、確かにそうだが……」

「ならば、俺とお前が友になれない理由がどこにある？　俺たちはもう、何もかもを大人に管理されていた子供ではないのだぞ、星華。宮廷の廊下で手を繋いで歩かぬよう、気をつければいいだけのことだ。まあ、わざとそれをやってみて、石頭の老害連中を憤死させてみるのも一興ではあるがな」

強引なのか、大胆なのか、ふざけているのか、よくわからない理論に、星華は少し呆れた。けれども、紫苑の声はとても心地よく耳を打ち、星華の戸惑いを霧散させた。

「そう、だな……」

「俺とお前は友だ、星華」

「ああ……」

星華は目もとを赤らめて頷く。いきさつはいささかおかしいような気もするが、心からそう呼ぶことのできる友人を初めて得られた喜びが、胸に満ちていた。

「その顔だと、少しは機嫌が直ったようだな、星華」

「機嫌？」

「館では、ずっと浮かない様子だっただろう。何かあったのなら、隠さずにちゃんと話せ」

もしかして紫苑は自分を心配して、この美しい薔薇の園へ連れてきてくれたのだろうか。そう思うと胸の中で喜びが増幅し、体温がじわりと上がった。

「何でもない」

「本当か？　また、姉君に何か面倒な問題が発生したのではないか？」

「違う。本当に何でもない」

気遣われることで心が弾み、星華は唇を淡くほころばせて、首を振った。

紫苑の優しさや背後に感じる体温に、快感にも似た深い好ましさを感じる。幸福と、優しい芳香に満ちたこの時間がいつまでも続けばいいのにと思いながら、星華は「何でもないんだ」と繰り返す。

「なら、どうしてあんな顔をしていたんだ？　排卵期の憂鬱か？」

「馬鹿じゃないのか、お前は。男は排卵などしない」

「お前ならしそうだ」

馬鹿、ともう一度こぼそうとして、星華は眉を寄せる。

腰に当たっている紫苑のそこが、いきなり熱を帯びて硬くなったのを感じたのだ。

「……なぜ勃てるのだ？」

「排卵するお前を想像したら、催した」

一瞬、落馬しそうになる脱力感を覚えつつも、こんなうなぎ王子ぶりすら好ましくてたまらなかった。好ましい。愛《いと》おしい。そう、強く思った瞬間だった。

頭の中に閃光《せんこう》が走り、星華は気づいてしまった。

昨夜からつい先ほどまで、自分の鼓動を乱していたものの正体に。

昨夜、紫苑のあざやかな勇姿を見て感じた高鳴り。そして、紫苑の結婚式を想像して感じた胸の閊《つか》え。それらは、紫苑を愛おしく思うからこそ生まれた感情だ。

――自分は紫苑を好きなのだ。紫苑に恋をしているのだ。

昨日今日、芽吹いた想いではない。恋の定義を聞かされた、最初に抱かれた夜にはただの偶然の一致だと目を逸らしてしまったけれど、きっと自分は昔からそれと気づかずに紫苑に恋をしていたのだ。

もしかしたら、紫苑のアメジストの眸の煌めきに心を奪われたあの瞬間からずっと。

そう自覚をしたとたん、恋しさが一気に襲いかかってくる。その激しさに眩暈を覚えて息を詰めたとき、紫苑がオーディンの歩みをとめ、手綱を放した。

偶然か故意か、腰にぐっと密着したそれはさらに太く熱く猛っており、星華の肌をざわめかせた。

「今ここで、お前の中に入りたい」

濃い欲情にかすれた雄の声と共に、腰に硬いものを強く擦りつけられ、背が震える。

その背を抱きしめるようにして前へ回ってきた男の手が、星華のズボンのファスナーを器用に下ろし、ペニスを引っ張り出す。

「いい、と言ってくれ、星華。頼む」

甘さを孕んだ獣の声音で囁き、紫苑は星華のやわらかいペニスに指を絡みつかせる。

「はっ……、あ……っ、あっ、あ……っ」

弱い裏筋を押しつぶすようにして上部の括《くび》れまで辿ってきた指が、亀頭をぎゅっと握る。

その刹那、鋭い歓喜が四肢の先へ散った。

「――うっ、ぁ……っ！」

星華のペニスは紫苑の指を撥ねのけてぶるんとしなり、空を切って前方へ突き出た。

「早く返事をくれ、星華。もう暴発しそうだ」

今度は胸もとへ這ってきた紫苑の手が、軍服の上から的確に捉えた乳首を押す。

乳頭をもみつぶすその愛撫に星華のペニスは素直すぎるほど素直に反応し、ぴくんぴくんと揺れながら反り返りの角度をきつくした。

「んっ、ぁ……っ。あ、あ……っ」

愛おしさを自覚したばかりの男からの求めを、拒む気はない。

それでも、返事をするより先にどんどんと破廉恥行為を進める紫苑に抗議をしたくて、星華は唇をわななかせた。だが、発しかけた言葉を思わず呑みこんだ。

ふいに首を巡らせたオーディンと、目が合ってしまったからだ。

ひとの背中で何をしているのだと言わんばかりの非難げな眼差しに羞恥心を煽られ、星華のペニスはさらに赤く膨張した。

馬とはいえ、この行為の意味を解しているらしい生きものに向かってペニスを突き出し、ものほしげに揺らしている格好が恥ずかしくてならない。そう思えば思うほど、卑猥に色づいたペニスはひくつきを大きくした。

「──ひ、ぅっ」

星華はたまらず紫苑の胸もとへ背をすり寄せ、逃げた。

「おい、オーディン。星華のペニスを見ていいのは俺だけだ。厩舎に戻ったらりんごをやるから、前を向いて目とついでに耳も塞いでおけ」

軍服ごと星華の乳首を捏ねる指の動きをとめるどころか、ますます激しくして命じる主人に、オーディンも向ける視線をより冷ややかなものにする。

うなぎ王子と賢い馬に挟まれた星華は、漏れそうになる喘ぎを必死にかみ殺す。すると、まるでその代わりのように揺れ回るペニスの先端がくぱりと開いて淫液をにじませた。

「氷砂糖もひとつつけてやる。これでどうだ?」

オーディンの耳が一度だけ、そっけなく前後する。紫苑が「ふたつ」と続けても、オーディンの眼差しの冷ややかさは変わらない。しかし、みっつと告げられると目を瞑《つぶ》る気になったらしく、鼻を鳴らして前を向いた。

「可憐な桜色の唇がもう蜜で潤んでいるな。オーディンに見られて、興奮したのか？」

「ば、馬鹿……っ。一体、何のプレイだ、これは」

「べつに、プレイというわけではない。お前の男殺しの色香に惑わされて勃起した場所が、ここだっただけだ」

耳朶を甘く食《は》んで告げた紫苑の腕に、上半身をきつく抱きしめられる。

「わかるか、星華。お前の中に入りたくて、こんなにうねっている」

臀部《でんぶ》にぴたりと密着する巌《いわお》のように硬いそれは、跳ね上がる勢いで獰猛に脈打ち、星華の官能をしたたかに刺激した。

「ん……っ」

「挿《い》れていいか？」

「どうせ、何と答えても挿れるくせに、いちいち訊くな」

「結果が決まっていようと、一応はお伺いを立てるのが礼儀だろう」

紫苑は笑って腕をほどくと、ズボンの上から星華の後孔をまさぐった。

「ここに、穴を開けてもいいか？」

「穴？」

「ああ。ナイフで少し切る。オーディンに跨がったままでは、ズボンを適当な位置までずらせないからな」

オーディンから下りる、という選択肢など端《はな》からあり得ない口ぶりだ。

ずいぶんと用意がいいと思ったが、森のような敷地内を馬で散策する際、紫苑は木の実などを採ったりするために、ナイフを所持するのが常なのだそうだ。

「……開けたあとは、どうするのだ？ 俺は、そんな猥褻犯のような格好で館へ帰らねばならぬのか？」

「安心しろ。この薔薇園を抜けた少し先に、休憩用の小屋がある。そこに俺の着替えを置いてあるから、帰りはそれをはけばいい。まあ、サイズは合わないだろうが、急場しのぎにはなるだろう？」

言って、紫苑は星華の背を押し、前へ屈むよう促す。

躊躇いがまったくなかったわけではない。けれども、馬上で繋がることへの背徳感が奇妙な高揚を生んでいたのも事実だ。

上体を倒して腰を少し浮かせると、紫苑がポケットから取り出したナイフでその場所を裂いた。秘所が大気に晒されたのを感じ、小さく喉を鳴らした星華の背後で、紫苑がそれを取り出す気配がした。直後、ぬめる剛直の切っ先が窄まりの表面に押し当てられた。

「――ぁっ」

わずかな圧力でめくれた肉環の内側を灼かれ、星華は咄嗟に息を詰める。

「そう硬くなるな、星華。いきなり挿入するような乱暴な真似はしない。俺の精液をそそぎこみたいだけだ」

「どうして、そんな、ものを、入れる、のだ……っ」

「お前の中を慣らすには潤滑剤が必要だが、ナイフは持っていても、さすがにそんなものまではないからだ」

次は準備しておくと笑って、紫苑は射精した。言葉通りまだ挿入はせず、先端の尖りの一部分だけを肉環の中へ刺して。

「あっ！」

体内で激しくしぶいた熱い粘液が、隘路を奥まで重く濡らす。どぶん、びゅろんと音が響きそうな凄まじい量の射精だった。

こんなことをされるとは、想像もしていなかったけれど、恋をしている男の欲情が自分の中に満ちてゆく甘美な感覚に星華は酔いしれた。

そして、気がつくと淫《みだ》らに腰を振り、そのままの挿入をねだっていた。

精液を放ったあとは指で肉をやわらかくするつもりだったのだろう紫苑は、少し躊躇っているような様子だ。もどかしくて星華はさらに腰を振り立てて、紫苑の太い亀頭を自ら呑みこんだ。

「くっ、ぁ……っ」

圧倒的な質量に、肉襞が限界まで引き伸ばされる。数日ぶりのその感覚が星華の肌を燃え上がらせ、潤んだ媚肉が紫苑にきつく纏わりついた。

「……っ、星華。ほぐさなくていいのか？」

いい、と星華は声を震わせる。

紫苑はもうすぐ婚約者となる公爵家の令嬢を愛している。そんな男とは友にはなれても、それ以上の関係は望むべくもない。この奇妙な性のレッスンも、あと何度あるのかわからない。けれども、いつか終わりを告げられたあとも、恋しい男の熱をずっと覚えていたい。だから、記憶に深く残るよう、強引に激しく抱いてほしかった。

「いいから、早く、挿れてくれ……」

恥ずかしさをこらえて求めた瞬間、背後から引き起こされた身体を強く抱きしめられた。

「あぁ……！」

起き上がった上半身の自重で、射精をしてもなお棍棒めいた硬さを維持する紫苑のペニスが、星華の体内に突き刺さる。内部は雄の精液でたっぷりと潤っていたため、獰猛に脈動する怒張はじゅぼぼぼっと粘る水音を立てて、なめらかに根元までめりこんできた。

「あ、あ、あ……」

記憶の奥底まで刻みこむためには、痛ければ痛いほどいいと思っていた。なのに、脳髄がとろけてしまいそうな快感に襲われて、星華は喉を仰け反らせて喘いだ。

「無垢だった白薔薇の蕾を散らして、ここまで淫らに開花させてしまった責任は、ちゃんと取らねばならないな」

星華の首筋に唇を押し当て、紫苑が苦笑気味に言う。

「……そんなものは、いらぬ」

深い思いやりに満ちた紫苑のことだ。もしかしたら、このレッスンがつつがなく終了したあと、星華がひとりで性欲をもてあます羽目になるのを案じ、イヤリングの行方と一緒に自分の代わりになる男も探してやろうなどと言い出すかもしれない。

そんなことを告げられれば心がすりつぶされてしまう気がして、星華は紫苑の申し出を拒んだ。

「……お前が、友になってくれれば、俺は……、それで……、いい」

少しもよくはなかったけれど、ほかにどう言えばいいかわからず、星華はかすれた声をこぼす。

「じ、自信をもって、そう呼べるものが、ひとりもいなかったから……っ、あっ……、ず、ずっと……、友が、ほしかったんだ」

言葉を紡ぐうちに、眦に涙が薄く滲んだ。それが、粘膜を灼き焦がす熱のせいなのか、心を偽らなければならない辛さのせいなのかは、自分でも判然としなかった。

そうか、と淡く笑んで頷いた紫苑が、オーディンを歩かせはじめる。

「――んっ、ぁ」

徐々に速度を上げるオーディンの上で、身体が跳ねる。その振動で、咥えこんだ怒張と肉筒がぐちゅんぐちゅんと擦れ、星華は紫苑の腕の中で身悶えた。

「星華。このまま少し走っても大丈夫か？」

「ど、どこへ行くのだ？」

「小屋だ。ここも悪くはないが、やはりベッドの上でお前を思うさま貫きたい」

獣の甘い囁きが腰に響く。一瞬、息を詰まらせた星華の代わりに、まるでペニスが承諾を返すように淫液をしたたらせると、紫苑の放った合図でオーディンが駆けだした。

「あ……っ！」

硬くて太い肉の剣が小刻みに、だが鋭く引いては戻ってきて、ずんっ、ずんっとぬかるむ媚肉を突き刺してくる。そのつど、赤く腫れたペニスが卑猥に跳ね回り、揺れ回って淫液をあちらこちらへ撒き散らした。

「んっ、く……ぅ、ん、んっ、ぁ……っ」

今までのセックスとはまったく違う、大きな振動と共に襲ってくる突き入れが、たまらなかった。みっし、みっしと下から柔壁をかき分け、捻りこまれてくる熱い凶器の衝撃が脳天へ駆け抜け、おかしくなりそうだった。

このまま爛れた肉筒を掘りえぐられていると、疾走するオーディンの上から精液を飛ばしてしまう。歓喜に浮かされながら狼狽した星華の視界の隅に、紫苑が言っていた休憩用

の小屋らしい建物が映る。

どうにかあそこまでこらえようとオーディンの首にしがみつき、下半身に力を入れた瞬間だった。ふいに紫苑のペニスが星華の中で跳ね躍る勢いで猛りを増し、切っ先が何かの生きもののようにぐぐっと伸び上がってきた。

触れられた経験のない奥の奥を、今までにないほど太く張り出した亀頭のぶ厚いふちでごりんごりんと突き擦られ、もうそれ以上、耐えることは無理だった。

星華は声にならない悲鳴を上げ、射精した。ぴゅるるっと細く噴き出た欲の濁りは、白い糸となって後方へ流れ散った。

「オーディン、とまれ！」

突然、紫苑が手綱を引き、オーディンの走りをとめると、絶頂の快感にうち震えて収斂する肉環からペニスを強引に引き抜き、下馬する。そして、抱き寄せた星華をやわらかな若草に覆われた地面の上へ下ろし、仰向けにした。

身体の位置が変わるつど喪失感に襞をわななかせる星華の後孔からは、卑猥に泡立つ雄の精液が漏れ出てきた。

「お互い、小屋までもたなかったな」

苦笑して言った紫苑のそそり立つ怒張からは、もはや先走りとは呼べない白く濁った粘液がしとどに溢《あふ》れていた。

「星華……」

かすれた声で名を呼ばれ、星華は脚を広げる。

そのあいだへ身を進めた紫苑が濃密に粘る白濁をしたたらせるペニスを、まだ閉じきっていない星華の精液にまみれた肉環へあてがうと、一気にぐぷりと腰を沈めた。

「——あああぁ！」

嬌声を高く散らした星華の顔の両脇に手をつき、紫苑は獣そのものとしか言いようのない獰猛さと速さで腰を前後に動かし、射精した。再びどっとそそぎこまれる大量の雄の精が自分の中で大きくうねる感触に、星華は足先を撥ね上げる。

「あっ！　あっ！　ああぁ……！」

吐精を終えてもやはり容積を変えない熱い剛直が、ぬかるむ肉筒を高速でこね突いてくる。そのつど接合部の隙間から泡交じりの白濁がびゅろりびゅろりと漏れ出て、肌の上を流れてゆく。

自分を決して愛してはくれない男が、少なくともこの身体には満足している証の熱と淫《いん》猥《わい》な水音にすがり、星華も陶然と腰を振った。

「あ、あ……、紫苑……。紫苑……！」

単調だが容赦のない突き上げは、凄まじい歓喜を星華にもたらした。

腰骨が灼けとけているかのような錯覚に翻弄されながら、眦からこぼした悦びの涙を、覆い被さってきた紫苑の唇に吸われた。

「お前の涙は甘いな、星華」

猛々しい抽挿をとめずに囁いた男の唇がすっと下へ移り、喘ぐ星華のそこに重なる。

「——んっ、ふ、ぅ……」

口腔に、熱いものがぬるりと入りこんでくる。

一瞬、怯えて逃げた舌を搦《から》め捕《と》られ、甘嚙《あまが》みされ、強く吸われる。

それが、これまで一度も求められたことのない口づけだとわかった刹那、星華はまた極まってしまった。いつの間にか半勃ちになっていたペニスの先から、にゅぴゅっと半透明の液体が飛び散った。

「……っ。すごい、締めつけだぞ、星華。たまらない、な……っ」

ぞろぞろと波打って痙攣を起こす粘膜を、口づけをほどいて微笑んだ紫苑が速度を上げて突き擦る。激しく揺さぶられる身体がどこかへ吹き飛んでいってしまいそうな強烈な歓喜に、星華はあられもなく色めいた悲鳴を高く上げた。

「ああっ……、あっ、あっ、あ、ぁ……んっ！　あぁ！　ふか、い……っ、深いっ！

また、いくっ、いくっ！」

「何度でも、いくがいい、星華」

全身の筋肉をしなやかに躍動させる獣が送りこんでくる深くて速い、この上なく甘美な

攻めにのたうち回りながら、星華はふと視線を空へ泳がせた。

頭上には、どこまでも続く白薔薇の海と、今にも泣き出しそうな曇天が広がっていた。

その重く澱《よど》んだ鉛色の空の下で、星華は紫苑の背に腕を絡みつかせ、口づけをねだった。

「……ス……をっ、……て、くれ……っ」

途切れ途切れにしか紡げなかった言葉を紫苑は正確に理解し、すぐに唇を重ねてきた。

「ぁ……、んぅ……っ」

荒々しかった腰の動きがゆるやかになり、粘りつくような重さで回りはじめる。

甘い口づけをほどこされながら紫苑が放った精液でたっぷりとぬかるんだ場所を、ぬちゅぬちゅ、ぐぽぐぽと攪拌《かくはん》される。ときに、いきなりの大きな突き上げを受け、星華は悦楽の海に溺れた。

気持ちがいい、気持ちがいい。もっと、もっと。——そう全身で、恋しくてたまらない男の情を乞いながら。

ずっと、自分には恋など縁のないものだと思っていた。家族など作らずにひっそりと生き、朽ちた家名と共に独りで消えようと決めていたのだから。

けれども、我知らず心の奥底でひっそりと芽吹かせていた恋心の存在に、紫苑が気づかせてくれた。それと自覚しなければおそらく生涯、知り得なかっただろう、愛する者と情を交わす悦びを身体に刻みこむことができた。

身体を繋ぐつど、紫苑が教えてくれる背徳の官能は、どうにかなってしまいそうなほどに気持ちがいい。よくて、よくて、たまらない。

けれども、胸が痛い。自分ではないほかの女を愛し、慈しんでいる男のペニスに中をかき回されるたび、鋭い快感とそれ以上の痛みが体内を駆け巡る。

星華は紫苑の背をきつくかき抱き、その唇を夢中で貪った。

痛みに負けて、好きだ、と告げてしまわないように。


食後のコーヒーを飲んでいると、テーブルの上に置いていた携帯電話がメールの着信を報《しら》せて震えた。コーヒーカップをソーサーに置き、星華《せいか》は携帯電話を手に取る。

送信者は紫苑《しおん》だ。イヤリングの捜索に進展があったようだ。現在、イヤリングを所有しているらしい人物が浮上し、これからその確認に入るという。

星華はコーヒーを飲み干し、ぼんやりと窓の外へ視線をやった。

よく磨き抜かれた透明なガラス窓の向こうには、青く澄んだ朝の空が映っている。紫苑もどこかで眺めているかもしれない空の色を見つめ、ため息をひとつこぼしたときだった。

使用人のひとりである一角《いっかく》が、陸軍戦史研究所からの迎えの車が到着したことを告げに食堂に現れた。

「宮様。お車が参りました」

星華が住むこの小さな洋館には時末《ときすえ》と一角のほかに、もうひとり鴨志田《かもしだ》という名の使用人がいる。共に還暦間近で、料理から縫い物、庭の手入れまであらゆる家事をこなす一角と鴨志田は、元々は旧涼白宮《すずしろのみや》邸の雑用係だった男たちだ。

手先が器用で、星華が幼い頃はブランコや木馬などの手製の玩具をよく作ってくれた。そして、星華が宮家を継ぐ代わりに多くのものを手放さざるを得なかった際には、時末と一緒にこうしてついてきてくれもした。

あのとき、一角と鴨志田は新しい職場を求めることがまだ十分に可能な年齢だった。にもかかわらず、大した賃金を払えない自分のもとに残ってくれたふたりには、いくら感謝してもしたりない。星華はそう思っている。

「わかった。今、行く」

星華は、朝食の給仕をしてくれた鴨志田に「今朝も美味かった」と笑んで席を立ち、玄関へ向かう。

玄関前のホールとは決して呼べない狭い空間では、清潔な黒のスーツを纏った時末が星華を待って立っていた。恭《うやうや》しい手つきで差し出された長剣を腰に佩《は》き、制帽を被ると、時末が今夜の帰宅時間を尋ねてきた。

「おそらく、今宵は戻らぬ」

「さようでございますか」

曇天の薔薇園で紫苑への恋を自覚したあの日から、今日で六日。

互いに仕事の都合がつかず会えなかった一日を除き、星華は朝帰りを続けていた。

明け方の自室のベッドでいっとき微睡《まどろ》んでから朝食をとって登庁し、勤務が終われば蝶名橋《ちょうなばし》の運転する車で紫苑の館へ赴き、夜通し抱かれる。そんな毎日を繰り返していた。

研究職とは言え、軍人としての鍛錬は怠っていないので、体力には自信があるものの、さすがに少々、寝不足がこたえてきてはいる。平日の夜は一度だけにしてほしいと言えば紫苑は必ず聞き入れてくれるだろうし、分別を持って一度でやめておけば「仕事が長引いた」という言い訳が通用する夜のうちに戻ってくることも可能だった。

だが、星華はあえてそうはしなかった。少しでも多く長く恋しい男に抱かれたくて、このところは自ら三度目、四度目を求めることも多い。

単なる取引の域を越えた必要以上の肉体的接触が紫苑への愛おしさをよけいに大きくし、いつか自分の首をしめるだろうことはわかっている。

それでも、好きな男に抱かれる甘美な一瞬の幸せに、星華は抗えなかった。

決して忘れているわけではないけれど、タイムリミットまでにはまだ半月以上あるせいか、イヤリングの行方よりも紫苑のことばかりが頭の中を占めているほどだ。

「夕食は外で食べてくる。九時を過ぎても戻らなければ、私のことは気にせず休め」

「宮様。少しだけ、よろしいでしょうか？」

いつもなら、ただ「承知いたしました」と頷くだけの時末が、真正面から星華の目を見据えて口を開く。

「ああ。何だ？」

「このようなことを口走る非礼を、どうかお許しください。ですが、わたくしも鴨志田も一角も、宮様の身を心からご案じ申し上げておりますれば……」

気がつくと、廊下の奥の食堂から鴨志田と一角が心配げな顔をのぞかせていた。

「このところのご様子から察するに、もしや宮様はどなたかと不本意な夜をお過ごしなのではございませんか？」

時末らは皆、独身だが、同年代の男たちと比べると体格も見目も遙かにいい。色恋の経験も豊富に違いない三人には、星華が連日の外泊で何をしているかなど確かめずとも明白のようで、おまけに向けられる眼差しはやけに気遣わしげだ。おそらく相手が同性で、星華が組み敷かれていることも、鋭く勘づいているのだろう。

星華は少し迷ってから、ごまかしは無理だと諦めた。

「……不本意というわけではない」

紫苑には望んで抱かれている。けれども、夜ごとの情交で自分が得られるものは快楽だけで、どれだけ渇望しようとも愛は決して手にできない。

快楽と悲哀が混ざり合うそんな夜が、不本意かどうかと問われて、すぐに明確な答えを出すのはむずかしい。しかも、詳しい説明もしにくい。

一瞬、答えに詰まった星華の前で、時末が「おいたわしや、宮様」と涙ぐむ。そこへ、鴨志田と一角が駆け寄ってくる。鴨志田の手には、なぜか通帳が握られていた。その通帳を時末が受け取り、洟《はな》を啜って開く。

「ここに三千万ほどございます」

その金は時末らがこの十年、星華の身に何かあったときのためにと給料を出し合って作った資金を運用し、蓄えてきたものだという。

驚く星華に、時末は詰め寄るようにして言葉を続ける。

「これで何とかなりませぬか、宮様。ならぬのでしたら、足りないぶんを我らが何としてもかき集めます。ですから、どうか……、どうかっ、尊き御身を大切になさってくださいませ！」

悲痛な面持ちで涙を浮かべる老家令に切々と訴えられ、ぽかんとまたたいた星華は、ややあって理解した。

何か突発的な金銭的問題が発生し、それを家計を預かる時末に相談できぬまま、どこぞの金満男色家にでも身を売ったのではないか――と懸念されていることを。

「違う。違うぞ、時末。それは誤解だ」

慌てて言ってから、星華は「いや。あながち、まったくの間違いでもないな」と淡く苦笑を漏らす。

「だが、案ずるな。べつに、金に困って春をひさぐような真似をしているわけではない。私が望んでしていることだ」

「……ですが、お辛いのでございましょう？」

「そなたには、そう見えるのか？」

「見えるも何も、最近の宮様は浮かぬお顔で、ため息ばかりではありませぬか」

時末が目頭を押さえて、言う。

「宮様。我々では、宮様のお力にはなれないのでございますか？」

「気持ちだけ、ありがたくもらっておこう」

決して、時末たちを信用していないわけではない。きっと、何もかもが終わったときには、慰めを欲して愚かな恋の顛末《てんまつ》をすべて話してしまうだろう。

けれども、今はそのときではない。星華は微笑んで、時末の問いをはぐらかした。

「鴨志田も一角も、心配をかけてすまぬ。だが、これはほんの短期間だけのことで、そう長くは続かない。それに、私は自分のことを憐れんでもおらぬ。だから、皆、そんな顔をしてくれるな」

この関係は長くは続かない。それがいつかはわからないけれど、終わる日はもうすぐやって来る。必ず来るのだ。

自分自身に言い聞かせるために、星華は頭の中で何度もそう繰り返した。


ラフマニノフの「ヴォカリーズ」を弾き終わり、弓を下ろす。

すると、しばらくのあいだ星華の肉筒の中に大人しく収まっていた紫苑の怒張が、また小刻みに前後しはじめた。

「あっ、……はっ」

太くてぶ厚い亀頭冠で、精液をたっぷりと孕んで爛熟《らんじゅく》した隘路の肉をごりっごりっと擦られ、星華はたまらず弓をシーツの上に落として、腰をくねらせた。

その弾みで大きく揺れ動いた半勃ちのペニスから半透明の白い蜜がぴゅうっと放物線を描いて噴き上がり、星華の下で仰向けになっていた紫苑の胸もとを汚した。

「ブラボー」

そそり立つ勃起で深々と貫いた星華を下肢に乗せ、なめらかとは言いがたかった旋律に耳を傾けていた紫苑は、双眸を楽しげに細めて手を叩く。

何やら、披露した演奏よりも白い蜜の卑猥な噴出を悦んでいるような表情だ。

「……どこがブラボーだ」

「なら、ブラバーか？」

賛辞の言葉を女性形に変化させ、紫苑はあでやかに笑む。

「違う。そういう意味じゃない。こんなふざけた格好でなければもっと上手く弾けた、と言っているんだ」

敷地内を流れる川でのうなぎ釣りにつき合った二日目の夜以降、訪問後はまず食堂で紫苑と共に夕食をとるのが常となっている。

今晩もイヤリングの捜索状況を聴きながら食事を終えて二階の寝室へ上がると、ベッド脇のテーブルにヴァイオリンが置かれていた。

何だかとても淫靡な光景で、まともな使われ方はしないだろうと一目で直感したが、案の定だった。星華の体内を二度濡らしたあと、紫苑はとんでもない要求をしてきたのだ。

繋がったままヴァイオリンを弾いてくれ、と。

最初は戸惑ったけれど、結局、星華は受け入れた。どんなにくだらないものでも、破廉恥なものでもいいから、身体に、脳裏に、深く刻みつける紫苑との思い出がひとつでも多くほしいという誘惑に勝てなかったのだ。

騎乗位の形になって短めの好きな曲を弾いたものの、体内に埋まったままの紫苑が時々腰をねっとりと蠢《うごめ》かせ、肉筒をぐちゅぐちゅと捏ねるせいで、旋律は無様に飛び跳ねた。ところどころで音程も大きく外してしまった。何度も射精をして萎えていたペニスが、この異常事態に興奮してじょじょに芯を持ち、まるでメロディに乗るかのようにぷりり、ぷりりと躍り上がってくるのが恥ずかしかったせいだ。

「騎乗位よりも、座位のほうがよかったのか？」

腰をぐいっと突き上げ、肉筒の内奥をひと刺しし、紫苑は双眸をたわめる。

「——あっ、ん。……だ、だから、そうでは、ない。あ、ぁっ……、こんなふうに、繋がっていては……っ、弾けるものも、弾けない、と言っているんだ」

「そうか？　では、貸してみろ」

言うなり紫苑は上半身を起こし、星華の身体をベッドの上に倒した。そして、ヴァイオリンと弓を手にして、軽やかな旋律を一節、奏でた。

サティの「ジュ・トゥ・ヴ《お前がほしい》」だ。

「俺は普通に弾けるぞ？」

「……お前、ヴァイオリンは弾けないと言ってなかったか？」

「ああ。ラフマニノフやチャイコフスキーはまったく駄目だ。だが、これは弾ける。いつか口説きたい相手に聴かせようと思って、まじめに練習したからな」

その甲斐《かい》があったと唇をほころばせ、紫苑は再び弓を流麗に操りはじめた。

頭上から、寝室の空気に華やかな色を広げる旋律が降ってくる。それは肌の奥深くへ沁みこんできて響き、細胞のひとつひとつをやわらかに踊らせた。

まるで甘美に弾ける音で全身を愛撫されているかのようで、腰が自然と揺れた。

紫苑がこの美しく、官能的な曲を本当は誰に捧げたいかなど、わかっている。

それでも今は――今だけは、自分に聴かせるために弾いているのだ。そう思うと「お前がほしい」、「永遠に抱き合いたい」と歌詞にある通りの情熱を、自分に向けられているのではないかという危うい錯覚すら起こし、星華は陶然と目を細めた。

恋をすると脳内だけではなく、目までおかしくなるのか、自分の中にペニスを突き挿れたまま裸でヴァイオリンを奏でる紫苑の姿が眩しく輝く美神に見え、胸が高鳴る。

知《し》らず識《し》らずのうちに咥えこんだ雄の昂《たかぶ》りをきつく締めつけていたけれど、紫苑は二分ほどの短い曲を最後まで旋律を乱すことなく弾き終えた。

「俺の愛の調べはどうだった？　聞《き》き惚《ほ》れただろう、星華」

あまりにも自信たっぷりな物言いに、星華は「そうだな」と苦笑する。

「だが、彼女の前で弾くときには服を着て、普通に弾くべきだ」

それは不本意な忠告だったのか、紫苑はしばしの間を置いて「どうしてだ」と片眉を大きく撥ね上げた。

「こんな曲芸めいた愛の調べを喜ぶ女がいるとは到底、思えないからだ」

「しかし、お前は悦んでいたではないか。俺が弾いているあいだ、お前の中は素晴らしくうねって、俺にむしゃぶりついていたが？」

「……悦んでいたのではない。ただの生理現象だ」

「ほう？　それは、具体的に言うと、どんな生理現象なんだ？」

枕元にヴァイオリンと弓を置き、星華の白い双肩の上に手をつくと、紫苑は腰をゆるやかに回して笑った。

熱い剛直で爛熟した媚肉が攪拌され、ぐちゅうっと粘る水音が響く。結合部のあわいから泡立った白濁が垂れているのがわかり、星華は喉を震わせた。

「……ふ、ぁっ。こ、このように、行儀の悪いうなぎが、ん、ぅっ……、いやらしく、動くから……っ、ああなった、だけ、だ……っ」

声を震わせて答えたとき、部屋の扉がノックされた。

「そこで待て」

扉へ向かって、紫苑が声を放つ。そして、星華の頬を右手の指の背で撫でて繋がりをとき、ベッドを降りる。

体内をみっしりと満たしていたものがなくなると、熟れきってはしたなく開花する肉襞の奥から撒かれた白濁が漏れてきた。雄の精に肌をぬるりと舐められる感触に息を詰め、星華は紫苑の背を見やる。

紫苑の寝室の扉を叩くことができるのは、この城館の執事である芹吹か蝶名橋だけだ。信頼しきっている相手には羞恥心や遠慮は働かないらしく、紫苑は何も羽織《はお》らず、彫刻めいた完璧な裸体と雄々しい勃起を晒したままで扉を開けた。

ベッドからはわずかに開かれた扉の向こうは見えないが、訪問者は蝶名橋だったようだ。はっきりとは聞き取れない言葉がいくつか漏れ届いたあと扉が閉められ、紫苑が太くそそり立つペニスを揺らしながら戻ってきた。その手には何か軽食でも頼んでいたのか、ガラスの器とスプーンがひとつずつ載ったトレイがある。

「いい報せと悪い報せがある」

トレイをサイドテーブルに置き、紫苑はベッドに上がる。

「どっちから聞きたい？」

尋ねた男の指が、星華の乳首をつまむ。指の腹で擦られた肉粒は自分でも気づかないうちに、こりこりと音がしそうなほどに硬くしこっていた。

「――んっ。悪い、ほうから……っ」

「明日から三、四日、会えなくなる」

紫苑と会えない。四日も。一気に体温が下がった動揺を隠すために、「貪欲うなぎの相手をせずにすむのだから、俺にはいい報せだ」と軽口を叩こうとした。だが唇が上手く動かず失敗し、美しいアメジストの眸をただ見つめ返すことしかできなかった。

「いいほうの報せはイヤリングの在処が判明して、取り戻す算段がついた」

転売に転売を重ねられたイヤリングは今、湾岸特区に複数のビルを持つマフィアの息のかかった貿易商の手元にあり、近日中に開催される闇オークションに出されるという。

オークションが開かれるのはその貿易商が所有しているビルのひとつで、出品されるのは盗まれた貴金属や美術品、性奴隷、臓器などの違法な商品ばかりらしい。

「適当な名目をつけて情報局の部隊を動かし、強襲させることもできるが、そうすればお前が、個人的な問題に国家権力を使うなと眉を逆立てるだろう？　だから、奪還作戦は人手も武器も必要としないシンプルなものでいく」

「どんな作戦なのだ？」

「オークションに参加して、競り落とす」

星華の乳首を指先でぴんと弾き上げ、紫苑は双眸をたわめて告げる。

「……それは、いささかどころではない問題がある作戦だ、紫苑」

「俺の立てた作戦は完璧だ、星華。問題などない」

不満げに目を細めた紫苑に、星華は「いや、ある」と首を振る。

「俺にはそのオークションに参加するための金がないし、姉上も伯爵の許しを得ずに動かせる多額の現金は持っていないはずだ」

懸念を吐露すると、紫苑が「ああ」と合点がいったふうに微笑む。

「お前はそんな心配など、しなくていい。すべて俺に任せておけ。イヤリングを取り戻し、お前に渡すことが、俺の役目なのだからな」

「しかし、そういうわけには……」

イヤリングを競り落とすための金を紫苑は自分で出すつもりのようだが、闇で捌《さば》かれるのだから法外な金額が必要になる可能性もある。皇帝をべつにすれば、蓬萊《ほうらい》随一と評しても過言ではない財力を誇る如月宮《きさらぎのみや》家の嗣子にとっては、いくらの値がつこうと何の問題もないのかもしれない。けれども、そこまで頼ってしまっていいものか、迷わずにはいられない。

戸惑っていると紫苑がふいに覆い被さってきて、星華の脚を割った。そして、赤く腫れた肉環のふちに泡交じりの白濁を纏わりつかせ、閉じきらなくなっていた窄まりへ、勃起の亀頭部分を突き挿れた。ぐちゅん、と熟れた肉のひしゃげる音が散る。

「――あぁっ！」

突然の挿入に背を弓なりに反らせた星華のふっくらとほころんだ赤い蕾の入り口を、紫苑が笠高の亀頭でぐぽ、ぐぽ、ぐぽっとえぐり突く。

速く、小刻みな抜き挿しだった。充血した肉襞を強引にめくり上げられては内部へ巻きこまれる感覚や、亀頭の括れが肉環に引っかかってはずぽんっと抜ける感触がたまらない。星華は撥ね上げた足先をきつく丸めて、あられもない声で啼いた。

「あ、あ、あ……！　あぁっ、あ……っ！　あ、ぁ……ん」

「星華、教えてくれ。俺のペニスは、いいか？」

律動を激しくし、紫苑が低く囁く。

全身を揺さぶる歓喜の波に思考を梳《くしけず》られ、目の前の快楽しか追えなくなっていた星華は、仰け反らせた喉で「いい」と喘ぐ。

「どこが一番いい？」

耳朶がとろけそうなほどに甘い声音がしたたってきたあと、腰の動きが唐突にやむ。

迫《せ》り上がってきた切なさに駆られ、星華は思わず本心をこぼす。

「雁首の、高いところ……」

答えた次の瞬間、身体を抱き起こされると同時に雄の猛りを深く突きこまれた。

「——は、ぁあんっ……！」

自重でペニスが埋まるよりも、ずっと凄まじい速度の一撃が体内に重く響きわたる。

「この段差で中を擦られるのが、いいのか？」

向かい合う形で膝の上に乗せた星華を、紫苑は下からずんずん、ずぽずぽと肉の剣で串刺しにする。

「あっ、あっ、あ……！　いい、いい……っ。紫苑、それ……っ、それ、いい……！」

自分のそれとは比べものにならないほどぶ厚い亀頭冠で、内奥の媚肉を少し乱暴なまでの力強さで掘りえぐられ、眼前が白くかすむ。

星華は腰をくねらせ、紫苑の硬い腹筋にペニスを夢中で擦りつけて射精した。

「うっ、う……、あぁ……」

白い濁りがほとんどなくなった精液をぴゅうぴゅうと撒き散らしながら、星華は紫苑にしがみつく。紫苑も星華の身体から絶頂の嵐が過ぎ去るまでのあいだ、間歇的に跳ねる背と腰を逞しい腕でしっかりと抱いていてくれた。

「段差の大きいカリで擦られるのがいいなんて、お前、すっかりマニアックなセックスに嵌まったな」

じょじょに息が整ってきた星華の背を撫で、紫苑が耳もとで笑う。

「……お前が、俺を、こうしたくせに」

紫苑の手の優しさが心地いい。星華は男の首筋に顔をすり寄せ、その温かさを感じながら小さく言う。

「ああ、そうだ。無垢で高潔だった白薔薇をこんなふうにしたのは、俺だ。だから、俺はその責任を取らねばならない。オークションでイヤリングを競り落とすのは、俺が果たさねばならない役目のひとつだ」

ひどく甘い声音で囁かれた言葉は、鋭い刃《やいば》となって星華の心臓を貫いた。

――セックスと引き換えに出される金。

自分が勝手に心変わりをしただけで、もともと紫苑とのこの関係は単なる取引に基づくものだ。体内にいくたび紫苑を受け入れようとも、その代償として得られるのはひと組のイヤリングのみ。決して愛は手に入らない。

そんなことはわかりきっていたはずなのに、胸が痛い。痛くて、たまらない。

堪えきれずに唇をゆがめたとき、紫苑がサイドテーブルへ腕を伸ばし、ガラスの器を手に取った。中には、ほのかな琥珀色をしたアイスクリームが入っていた。

「そんな話は置いておいて、とける前にこれを食わないか？　蕨野《わらびの》が、お前のために作ったんだ」

この城館のシェフの名を口にし、紫苑はスプーンでアイスクリームを掬う。

「……俺の、ため？」

「ああ。お前、昨日のデザートに出たキャラメルのクリームブリュレが美味かった、と絶賛していただろう？　蕨野は菓子作りの研究が好きなんだが、俺は甘いものには無反応だから、あれでお前にすっかりまいったようだ。これからは、お前のために至高の菓子作りに励むのだとはりきっていた」

ひとつしか用意されていないのは、紫苑が甘い冷菓子を好まないからのようだ。

「そうか……。それは、嬉しいな」

嬉しいのは本当だが、あと何度、蕨野の料理を食べられるのかと思うと辛くもあった。

それでも、そんな心のうちを悟られないよう無理やり笑った星華の前で、紫苑がアイスクリームを載せたスプーンを自分の口に含んだ。

「おい。それは俺のだろう」

どうしてお前が食べるんだ、と抗議を紡ごうとした唇をふいに塞がれる。

「——んっ、ぅ、ふ……」

濃厚なのにさらりとした不思議なキャラメル味が、絡まる舌の上で泡雪のようにとけて消えた。

「甘いものはあまり好きじゃないが、こうやって食べるのはいいものだな」

星華の濡れた唇を啄《ついば》んで、紫苑が艶然と微笑む。

目の前に溢れる甘やかな美しさが、星華の胸を締めつけた。

「……よくない。俺は普通に食べたい。なぜ、こんな食べ方をせねばならぬのだ」

「情事の最中のベッドの上では、これが唯一絶対の正しい食べ方だ、星華」

そう言って、紫苑は再びキャラメル味のそれを舌に載せ、口づけてきた。そんなことを四度、繰り返すと、ガラスの器は空になった。

「美味かったか、星華」

星華の腰に両腕を回した紫苑が、自身のペニスを埋めているそこを強く引き寄せる。

「——ふっ。あ、ああ……」

重ねた口づけで興奮したのか、星華の中で紫苑はより太く猛っていた。亀頭冠が厚みを増し、括れの角度もきつくなっている。

それを悦ぶ星華の身体も、熱く火照っている。肌には赤い欲の火が灯《とも》り、吐精をしたばかりのペニスもまた硬くなって、蜜口から淫らな糸を垂らしていた。

けれども、胸の中は凍《い》てつきそうな寒さに支配されていた。

甘い口づけに、降りそそぐやわらかな囁き。自分をまるで大切な恋人のように扱うくせに、この男の心はここにはない。

紫苑が愛しているのは「幸運の女神《フォルトゥーナ》」と愛おしげに呼ぶ泉堂《せんどう》公爵家の令嬢だ。顔だけが女めいている自分とは違う、本物の美姫だ。

——配偶者と恋人は別だという考え方は、受け入れられない。結婚したら、妻しか愛したくない。

はっきりとそう宣言した紫苑は、性に奔放な「幸運の女神《フォルトゥーナ》」を満足させられる閨技《けいぎ》を習得したと判断すれば、星華の身体には見向きもしなくなるはずだ。

星華は咄嗟に紫苑を押し倒し、仰向けになった男の上で腰を卑猥にくねらせる。

何度も放たれた精液でとろけた媚肉を激しく波打たせ、獰猛な形を描く雄の亀頭をすりつぶすように包みこんで扱《しご》き上げる。

「お前は……っ、俺をこんな身体にした、責任を、取るのだろう?」

「ああ、そうだ」

伸ばした両手で星華の胸をまさぐりながら、紫苑は微笑む。

「なら、ば……っ、お前に会えないあいだ、この身体が、ほかの男になびいたりせぬように、朝まで、俺を、抱けっ」

告げ終わるのとほぼ同時に、最奥に苛烈な一撃が送りこまれる。四肢の先へびりびりと響いた衝撃が脳天へも抜け、星華は悲鳴を上げる。

「あああっ」

「星華。こんなに高い段差のあるペニスは、そうそうない。これが好きなら、ほかの男ではお前は絶対に満足できないはずだ」

その角度を強調するように、紫苑は亀頭のふちで粘膜をごりごりと深く掘りえぐった。

「あっ、あぁ、んっ」

「だから、ゆめゆめ、ほかの男のものを試してみようなどとは考えぬことだ。この貪婪《どんらん》な白薔薇の蕾に、歓喜の火を灯せるのは、俺だけなのだからな」

勝手なことをあでやかな笑顔で言い放つ愛おしい男を、星華は欲情と悲しみの混ざり合う涙目で睨む。

「ならば、戯れ言を言っていないで、自慢のうなぎを、もっと、ちゃんと動かせ」

肉襞を引き絞って催促したとたん、荒々しい突き上げが始まった。

「――く、ぁっ。あ、あ、あ……！」

孕んでいた白濁をしたたらせる肉筒を、下からずぽん、ぐぽんと凄まじい勢いで突き回され、はしたなく突き出た乳頭をぐいぐいと捏ね揉まれる。

容赦なく身体を揺さぶられて、滑稽なほどあちらこちらへ跳ね飛ぶペニスから伝わってくる振動が、さらなる淫靡な快感を生む。

「あっ、あっ……、あぁん！　もっと！　紫苑、もっと、速く……っ！」

願いはすぐさま叶《かな》えられ、突き上がってきた鋭い愉悦が脳髄を震わせる。

あまりに深く、大きな快楽に、星華は眦に涙を浮かべた。

好きな男に抱かれることができて、嬉しい。どうしようもなく気持ちがいい。

けれども、辛い。悲しい。苦しい。

相反する感情が交互に押し寄せてきて、どうにかなってしまいそうだった。

こんなにも胸が痛くなる恋など、したくなかった。決して自分のものにはならないと最初からわかっていたのに、どうして好きになってしまったのだろうか。自分の気持ちに気づかないままでいればよかったのに、どうして気づいてしまったのだろうか。

膨れ上がって、胸を軋《きし》ませるそんな想いを払いのけるように、星華はただひたすら腰を振り続けた。

――今年一番の慶事！　如月宮《きさらぎのみや》家の紫苑《しおん》殿下、泉堂《せんどう》公爵家の瑠璃子《るりこ》嬢とご婚約内定！

――世界が羨むプリンセスの誕生！

紫苑との密会が中断して二日が経った昼下がり、一体どうやって嗅ぎつけたのか、タブロイド紙の号外の一面にそんな派手な見出しが躍った。

星華《せいか》はそれを、号外の発売とほぼ同時に知った。副官の早乙女《さおとめ》少佐と研究所のラウンジでコーヒーを飲んでいるとき、そこに設置されていたテレビのワイドショー番組が、そのスクープ記事を取り上げていたからだ。

「おやおや、これは。ご婦人方にとっては、慶事というより今年一番の悲報ですな」

星華より一回りほど年上の早乙女は、甘めに整った温和な顔におもしろがるような表情を浮かべて言った。それから顎に手を当て、不思議そうに呟いた。

「しかし、瑠璃子様とは……。意外です」

「何が意外なのだ？　家柄も年齢も、この上なく妥当な組み合わせではないか？」

公表されることはないだろうが、何しろこれは皇帝が勧めた縁談なのだから。

「あ、いえ。そういう意味ではなく、私は瑠璃子様を直接、存じ上げているので、あの方が結婚を決意されたことが、とても意外なのです」

早乙女は近代史の専門家だが、考古学の研究を趣味としている。二年前の夏期休暇中に、中東のとある王国でおこなわれた遺跡発掘を見学に行き、そこで泉堂瑠璃子と出会ったという。当時まだ学生だった彼女は、夏休みを利用して発掘に参加していたそうだ。

「土と埃《ほこり》にまみれた作業着姿でも、光り輝いているような美しい方でした。発掘のスポンサーだったその国の王子が、一目惚れをしてしまうほどに。その王子は毎日、それはもう熱心なプロポーズをされていましたが、瑠璃子様はまったく相手にされませんでした。どんなに素晴らしい宝石を差し出されても、見事なほどに無関心で」

そして、彼女は何度断ってもプロポーズを繰り返す王子に、こう言い放ったらしい。

――わたくしが愛しているのは、この地上のどこかに埋まっている巨人の骨です。生きている人間になんて興味はありませんし、少しもときめきませんの。

「……巨人の骨？」

「ええ。瑠璃子様は古代には二十メートル級の巨人がいたと考えられており、その存在を証明する骨を発見するために生涯を捧げると決めておられるのだとか」

考古学上の偉大な発見には、それ以前にはただの夢物語にすぎないと思われていたものも少なからずある。世界各地に残る巨人伝説も、もしかしたら人類の太古の記憶かもしれない。だから、瑠璃子の壮大な夢を笑う気にはならなかったけれど、ずいぶん変わった公爵令嬢だと心の底から思った星華に、早乙女が続けて告げた。

同じ考古学を愛する者として、あの情熱は本物だったと断言できる、と。

「中佐の前でこう申し上げるのも何ですが、宮家の中で最も権勢を誇る如月宮家へ嫁げば、今後は自ら遺跡へ赴いて発掘をするなど到底不可能になります。それをあの瑠璃子様が納得されているとは、とても思えないのです。少し前の舞踏会でお目にかかった際もとても退屈そうなお顔をされていて、発掘現場を恋しがっておいででしたから」

早乙女は紫苑と瑠璃子の結婚がとても不思議な様子だったが、星華は合点がいった。

これほどの変人令嬢ならば、愛と快楽をまったくの別物だと見なし、大胆なセックスを好きに愉しんでいても不思議ではない。きっと、紫苑は自分とよく似た彼女の自由奔放さを好きになったのだろう。そして、おそらくは皇帝の意向に逆らえず嫌々自分のもとへ嫁いでくる彼女の、巨人の骨にしかときめかないというその心を射止めたくて、珍技めいた閨房術の習得に必死になっているに違いない。

それほどまでに、紫苑は泉堂瑠璃子に本気で惹かれているのだ。

そんなことは、嫌と言うほどわかっていたはずだ。

なのに、改めて思い知らされると、心臓がぎしぎしと軋んで悲鳴を上げた。

痛む胸を押さえたとき、ふといつか聞いた蝶名橋《ちょうなばし》の言葉が脳裏を過《よぎ》る。

――恋とは何かとままならぬものですから、殿下。

確かにその通りだ。自分の心が生み出す感情なのに、恋とは本当に何とままならぬものか、と星華は思った。決して報われないと端からわかっている恋なのに、なぜ理性を働かせて諦めることができないのだろうか。

手に入らないと思い知れば思い知るほど深まる恋しさと、心臓が罅《ひび》割れるような痛みを鬱々と抱えていたその夜、携帯電話が鳴った。

時末《ときすえ》と一角《いっかく》に給仕された夕食をすませ、就寝するにはかなり早い時間だが、何をする気力も湧かず、ベッドに横たわっていたときのことだ。

昨日の夕方、イヤリングは二日後のオークションに出されると報告を受けて以降、今日はまだ連絡がない紫苑からかもしれない。そう期待して急いで起き上がり、書き物机の上の携帯電話を手に取ると、液晶画面には藤華《ふじか》の名が浮かんでいた。

『星華さん。どうしましょう、どうしましょう！』

応答するなり、藤華の狼狽しきった高い声が鼓膜を劈《つんざ》く。

『お義母様の帰国が早まってしまったの。滞在しているホテルで盗難に遭って、もう外国にいるのが嫌になってしまったんですって。どうしましょう！　夫ならまだしも、よりによって怒れるお義母様だなんて最悪だわ！　ねえ、どうしましょう、星華さん！』

よほど気が動転しているのか、藤華は、どうしましょう、どうしましょう、と繰り返すばかりで、肝心の義母の帰国日を告げない。

「落ち着いてください、姉上。元伯爵夫人は、いつ帰国されるのですか？」

『明日の夜よ！　どうしましょう！』

飛行機が予定通りに帝都の空港へ到着すれば、帰宅は二十時頃になるという。オークションの開始時刻は二十一時。――元伯爵夫人の帰宅までにイヤリングを届けるのは、不可能だ。

何度かけても紫苑の携帯電話は繋がらず、蝶名橋のほうも同様だった。紫苑の別邸の執事である芹吹ならふたりの居場所を把握しているかもしれなかったが、星華はあの城館の連絡先を知らなかった。いても立ってもいられず、普段は一角か鴨志田《かもしだ》が運転する自家用車のハンドルを星華は自ら握り、海沿いの城館を訪ねた。

紫苑の別邸に着いたのは、そろそろ二十一時になろうかという時刻だった。非常識な時間の突然の訪問にもかかわらず、芹吹は星華を恭しく迎え入れた。

「至急、紫苑か蝶名橋に連絡を取りたいのだが、そなたに頼めぬか？」

挨拶もそこそこに玄関ホールでそう切り出した星華に、芹吹は「かしこまりました」と頷く。通された応接間で待っていると、ほどなく芹吹が現れた。

「殿下。紫苑様は今宵、陛下に内々に召され、参内されております。陛下の秘書長官に取り次ぎをお願いいたしましたが、現在、紫苑様は陛下と人払いをされてのお食事中のため、いささかお時間がかかるやもしれませぬ、とのことでした」

道理で携帯電話が繋がらないはずだ。

紫苑が内密に参内したのは、泉堂瑠璃子との婚約がスクープされたことへの対処を報告するためかもしれない。公式な発表が早まるのだろうか。

尋ねたかったのに、結局答えを知る勇気が出ずに口を噤《つぐ》んだ星華に、芹吹は蝶名橋には連絡がついたことを告げる。蝶名橋のほうは単に月に一度は足を運ぶという帝国歌劇場で、趣味のオペラ鑑賞中だった。

芹吹の伝言を劇場支配人から聞かされた蝶名橋は、二十分ほどして帰宅した。

「プライベートな楽しみを邪魔してすまない、蝶名橋」

「いえ、とんでもございません、殿下。それより、一体どうなされたのですか？　戻る途中で拝聴した留守番電話のお声も、ただならぬご様子でしたが……」

星華はイヤリング回収作戦の変更が必要なことを告げようとして、しかし躊躇った。

紫苑はこの件の解決に公的な権力は介入させない、と言っていた。もし、普通にオークションに参加して、競り落とすのでは間に合わないことを告げれば、紫苑自ら何か危険な行動に出るかもしれない。

「……そう、か」

取引の対価として、紫苑は必ずイヤリングを取り戻すと約束した。それは紫苑が自分に対して履行すべき義務ではあるものの、果たしてそうさせることは本当に正しいことだろうかと星華は迷った。

無事に、かつ密やかに回収できればいい。だが、万が一にも怪我を負わせてしまったり、失敗して派手な騒ぎになったりしたら――。泉堂公爵家は北桔梗宮《きたききょうのみや》家と縁続きだ。自分との繋がりが公爵の知るところとなれば、破談になってもおかしくない。

あんなにもこの結婚を熱望している紫苑を、不幸にするかもしれない行動を取らせることなどできない。愛しているからこそ、できない。したくない。

「――姉上がオークションの件を、とてもやきもきされているのだ」

「なぜでございますか？」

「違法なものだから必ず予定通り開催されるとは限らぬし、出品されずに誰かに売られてしまう可能性もあろう？　それゆえに明日、本当にイヤリングを落札できるのかと案じておられ、イヤリングが今どこにあるのか確認して詳しく報告しろと朝からせっつかれて参っていたのだ。夜になって、姉上はとうとう我が家へ押しかけてこられた」

偽りの言葉を口にしながら、星華は困惑しつつもおどけたふうな表情を精一杯、作る。

紫苑に危険を冒させないためには、状況が変わったことは明かさずに自分がひとりで動くしかない。星華はそう思った。そして、それを可能にする情報がほしい、と。

「私は、紫苑からは、明日のオークションで競り落とすということしか聞いていないからな。説明したくてもできず、逃げてきたのだ」

「さようでございましたか」

蝶名橋は目もとを細め、苦笑すると「しばし、お待ちください」と退室し、すぐにタブレットを持って戻ってきた。

画面に豪華な外観をした中層建築の写真が映し出される。マフィアと繋がっているという、開催者の貿易商が所有するホテルらしい。オークションはここで開催されるそうだ。

「現在、イヤリングはこの保管庫にございます、殿下」

どうやって手に入れたのか、建物の詳細な断面図を呼び出し、蝶名橋はその中の一室を指さして告げた。

慣れない芝居が通じるか心配だったが、蝶名橋は星華が欲していたもののひとつをくれた。地下にあるその部屋と入り口からそこへ至る通路を、星華は記憶に刻みつける。

「さらに、明日オークションに出品されるのは、間違いございません」

「確実なのか？」

「はい、殿下。ここには紫苑様の間諜《かんちょう》がホテルスタッフとして潜りこみ、常に様子を窺《うかが》っておりますので。もし、イヤリングが持ち出されれば、すぐに報告がございます」

返された答えは意外なものだった。星華は次の探りを入れようと発しかけていた言葉を思わず飲みこみ、身を乗り出して問う。

「――そんな近くに間諜がいるなら、その者に回収を頼めば早くはないか？」

そもそも、オークションに参加するまでもない。

「確かに、それは難しいことではありません」

蝶名橋は淡く笑む。

「特区では皆がこのホテルの所有者が誰で、背後に何がついているのかを知っており、わざわざ忍び込んで盗みを働こうとする愚かな者はいません。おかげで警備は厳重ではなく、一般のホテルと大差はありませんので」

警備は厳重ではない。――その言葉が、一瞬別方向へ散った星華の意識を引き戻す。

「しかし、紫苑様はご自分の手でイヤリングを取り戻し、殿下にお渡ししたいのでございましょう。どうか明日まで今しばしお待ちくだささい、殿下」

「……ああ、そうしよう」

少しのあいだ他愛《たわい》もない話をしたあと、星華は蝶名橋の申し出を断り、再び自身で車のハンドルを握って帰宅した。副官の早乙女に明日は休むと連絡をして、電源を切った携帯電話を机の抽斗《ひきだし》にしまってから、まだ起きて自分の帰りを待っていた時末に頼み事をした。

何も聞かずに茶色のヘアカラー剤を今すぐ、用意してほしい、と。

純血を、すなわち髪と目の黒の深さを重んじる皇族にとって、染毛は狂気の沙汰だ。時末は大きく目を瞠ったものの、何かを堪えた表情で「かしこまりました」と頷いた。

時末が近所のコンビニエンスストアで買ってきてくれたヘアカラー剤で、星華は夜のうちに髪を茶色に染めた。そして翌朝、纏ったスーツに拳銃と短刀を忍ばせ、タクシーで湾岸特区へ赴いた。——自分の手でイヤリングを取り戻すために。

皇族のほとんどがそうであるように、星華も蓬莱語《ほうらいご》と同等に数カ国語を操ることができる。また、湾岸特区には隣国の唐国人《とうこくじん》やそこからの移民が多い。だから、もし見つかれば唐国人のふりをするつもりだった。蓬莱のことを多少なりとも知っている者にとっては、茶髪の皇族などあり得ない存在だ。言葉と髪の色が正体を隠す目眩《めくら》ましにはなるだろう。

しかし、それが身の安全の保障になるわけではない。むしろ、捕まってしまった場合には、何の躊躇いもない制裁を招くに違いない。

理性の箍《たが》が外れ、どこかおかしくなっているのかもしれない、と自分でも思った。しかし、何が最善の策なのか自問自答しながら眠りにつき、今朝目覚めても考えは変わっていなかった。

紫苑の身や将来を危険に晒すくらいなら、こうするほうがずっといい。

万が一のときのために遺書は置いてきたので、自分がいなくなっても、藤華や時末たちのことは紫苑が何とかしてくれるはずだ。紫苑は自分を愛してはくれなかったけれど、無二の友とは呼んでくれたので、そのくらいの甘えは許されるだろう。

やがて、タクシーがホテルの前に到着した。

蝶名橋の言っていた通り、ホテルの警備体制は甘いものだった。客を装ってフロントを通り抜けると、地下に通じる階段へそのまま容易に進めた。ちらりと見回した範囲に監視カメラはない。本当に設置されていないのか、目視できないだけなのかはわからなかったが、躊躇っている時間が惜しいので、星華は階段を下りた。

拍子抜けするほど簡単に辿りついた保管庫の前には、さすがに見張りの男たちがいた。柱の陰に隠れて、様子を窺う。ドアの前に立っている男がふたりと、そのそばで小さなテーブルを囲みカード遊びをしている男が三人。

全部で五人。五人なら、ひとりで相手ができる。ここまでの侵入は気づかれていないのだから、時間をかけずにあの五人を始末し、イヤリングを回収すれば、ここを無事出られる。そんな算段をして銃へ手を伸ばそうとした寸前、殺気が肌を刺す。反射的に身を屈めてそこを飛び離れた刹那、乾いた音が空を裂き、背後の壁に穴が開いた。

保管庫の前の男たちが『何だ！』と唐国語で叫んで武器を構え、廊下へその身を無防備に躍らせた星華を狙う。

床に膝を突く格好だった星華には、銃を取る時間も身を隠す場所もなかった。死を覚悟して息を詰めた瞬間、『撃つな』とやはり唐国語の怒声が響く。

声のしたほうを見やると、廊下の角から数名の男が姿を現し、星華を囲んだ。

『ただのこそ泥とは思えない動きだな。何者だ、貴様』

星華の真正面に立った男が、喉もとに銃口を押し当てて問う。

ただのこそ泥だと唐国語で返した星華を、男は細めた目で睨む。そして、背後の者に何かを合図するように顎をしゃくった。

直後、目の眩む強さの電流が背を走り、星華は意識を失った。

冷水がしたたかに肌を打ち、星華は覚醒した。けれども、目の前は暗闇だった。重い靄のかかった頭で自分は死んだのかとぼんやりと考えたが、すぐにそうではないと気づく。

『お前はこのホテルの入り口から、迷わずまっすぐに保管庫へ向かったな。なぜ、あの場所を知っていた？　一体、誰から聞いた？』

年齢の判然としない、不気味なほどにつるりとしたなめらかな男の声が、頭上の暗闇から降ってくる。黙って身じろいでいると、散っていた四肢の感覚が徐々に戻ってきた。

星華は自分が今、目隠しをされているのだと理解した。

そして、どんな格好を取らされているのかも。

聞こえてきた声が近かったので、おそらく台か何かの上に全裸で載せられている。両手は頭の上で括《くく》られ、大きく左右に広げられた両脚はやわらかな布のようなもので吊《つる》されている。紫苑にしか見せたことのなかった後孔の襞がさらされ、ペニスの穂先が脚のあいだから頼りなく垂れているのを感じ、星華は突き上がってきた屈辱で唇を嚙《か》んだ。

『言え。何の目的でここへ来た？　誰の手引きだ？』

答える代わりに、星華は五感を澄ます。質問をしている者のほかにも、複数の人間の気配がした。それから、なぜなのか、かすかな獣の臭いも漂ってくる。

『この男は唐国語が通じないのか？』

『いえ、社長。捕獲したときには、自分はこそ泥だと答えていましたので、言葉はわかっているはずです。外国訛《なま》りは感じませんでしたが、一言だけでしたので、何人かまでは、まだ不明です』

そう答えた声は、星華に銃をつきつけていたあの男のものだ。オークションの主催者の貿易商なのか、『社長』と呼ばれた男が星華の頭上で『まあ、いい』と鼻を鳴らす。

『とりあえずは、今晩のショーに出すための仕込みのほうを優先しろ。徹底的に痛めつけて吐かせるのは、そのあとだ。せっかくの、久しぶりに手に入ったこんな上玉なのだからな。ショーへ出すまでは、この白い肌に傷をつけるのは許さん。スーが暴走して、こいつの商品価値を下げないようしっかり見張っていろ、リィアン』

『わかりました、社長』

ショー。仕込み。商品。――それに、単なる拷問のためとは思えないこの格好。

星華が覚悟していたものとはまったくべつの種類の不安を煽るそんなやりとりのあと、足音が遠くへ離れてゆく。扉の閉まる重い音が響き、吊された脚のあいだに誰かが立った気配がしたかと思うと、いきなりペニスを乱暴に握られた。

『——っ』

『へへへ。すげえや、リィアンさん。こいつのペニス、果物みたいにつやつや、もちもちしてら。形も色もいいし、こんな別嬪《べっぴん》ペニスは俺、初めてだぜぇ』

粗野な笑いを撒き散らす男の指が、括れの部分を弾くように擦り潰す。息が詰まりそうな不快感を覚え、眉をきつく寄せたとき、先端の秘裂に硬いものが押し当てられた。

『な……っ』

秘所に突き立てられようとしているものが何なのか、見えないぶん、嫌悪感《けんおかん》と拒絶感が尖って膨張する。本能で咄嗟に腰を大きくよじったとたん、『動くんじゃねぇ！』と陰嚢をしたたかに殴打《おうだ》される。

「——うっ、ぁ！」

『暴れんなよぉ。今からこっちの可愛い孔《あな》に、いいもの挿《い》れてやるからな』

秘裂の表面に圧力がかかり、めくれ上がった肉の奥へ、小さな丸い連なりがずずっと強引に沈められた。

『——くっ、……ぅ、……ぁあっ！』

紫苑に蜜口を舐められたことなら何度もあるが、その内部を侵された経験はない。尿道を荒々しく逆撫でされる摩擦熱で粘膜が焦げつき、火花が散るかのような感覚に襲われる。

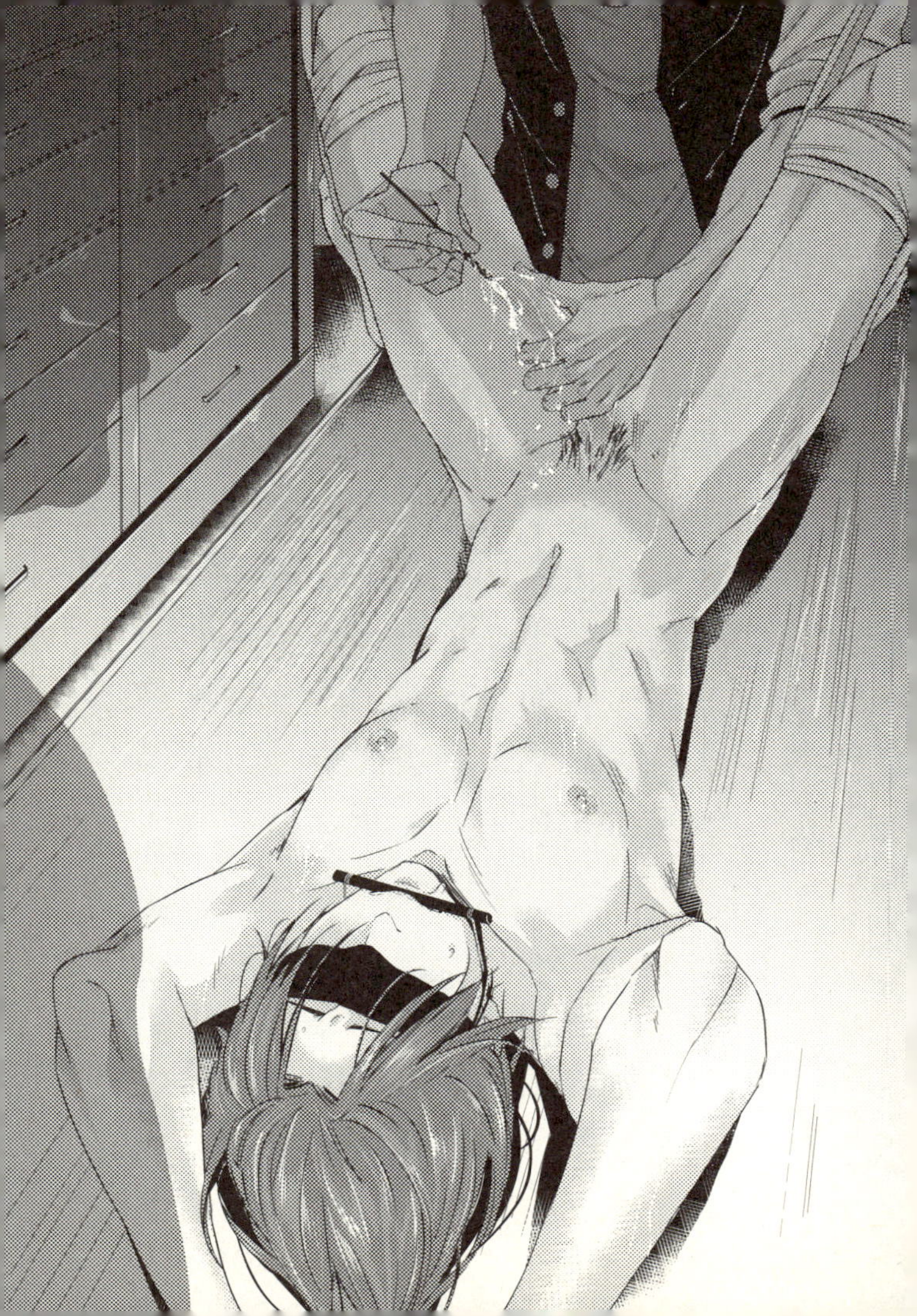

『っ……、や、やめ……、ろっ！』

星華はたまらず喉を仰け反らせ、高い悲鳴を上げた。けれども、男の指は星華のペニスをしっかりと握って放さず、球の連なった棒状の器具も狭い道の深部までずぼ、ずぼ、ずぼっと無遠慮にもぐりこんでくる。

『……く、ぅ……っ、う、ぅ……』

『ほぉら、奥まで入ったぞぉ。ちゃあんと、たっぷり、気持ちのよくなる薬を塗ってるから、ぜーんぜん痛くはないだろう？』

幼稚な粘り気のある声を発しながら、男が器具を動かす。

『こうやって、中をこりこりされるのはいいよな？　なあ？』

告げられるまで気づかなかったが、尿道を擦って刺激するぼこぼこと膨らんだ棒は、確かにぬめりを纏っていた。一体どんな成分の薬なのか、硬く小さな膨らみがびっしりと連なった攻め具で隘路を小刻みに擦り突かれるうちに不快な圧迫感がべつのものへと変わり、どこからともなく新たな潤みが湧いてきた。

『……っ、う、ぅ……っ、く、ぁ……っ』

せり上がってくる熱い感覚を、星華は必死でかみ殺した。

紫苑以外の手で与えられる快楽など、感じたくない。だが、それは存在を強烈に主張してうねり、男に握られたペニスを瞬《また》く間に硬く勃起させた。

『いいぞぉ。もちもちの別嬪ペニスがぱんぱんだ。さあて、こっちの孔の具合はどうだ？』

荒い鼻息を漏らしてペニスから手を放した男の指が、ひくひくと痙攣する陰嚢をついでのように叩いてから、ぞろりと会陰《えいん》の奥へ這う。

『──っ』

咄嗟に臀部に力を入れ、窄まりをきつくした肉襞の表面を、太く、かさついた指が撫で回す。

『痛くしねえから、そんなに縮こまるなって言いたいところだが、俺はこういう硬い蕾へずぼっと指を突っこんで、こじ開けるのが好きなんだなぁ』

いい具合に震えてらぁ、と下卑《げび》た声音から嗜虐性《しぎゃくせい》をしたたらせ、男は星華の窄まりの中央をいたぶるようにくいっ、くいっと強弱をつけて押してくる。

到底かなわないことだとわかっていても、挿入をどうにか阻みたくて、星華は腰をくねらせて逃げる。

『や、やめ、ろ……っ。触るなっ』

『触るな、だってよ、リィアンさん。こいつ、自分の立場が全然わかってないや』

ぐふぐふとおかしげに笑った男の指が、星華の肉環を無遠慮な力でえぐる。

『──ひ、ぅっ』

硬く閉ざしていた肉襞をこじ開け、内側の柔壁を押しつぶして撫でた指は、すぐに奥へともぐり込んではこなかった。入り口の襞の抵抗を弱めて広げるかのように、浅い部分での出入りを何度も繰り返し、小刻みな動きで星華を苛んだ。

『うっ、うっ、うっ……』

がさがさと乾いた指で内側の粘膜をずりずりと擦られるつど、ひりつく痛みが走り、星華は眉根を寄せた。紫苑にしか触れてほしくない場所を、誰ともわからない男に犯されていることが、どうしようもなく気持ちが悪くてたまらなかった。

『あれぇ、リィアンさん！』

ふいに男がどこか間の抜けた声を発し、指を抜く。しかし、すぐにオイルのようなもので濡らしたそれを、一気に根元まで星華の中へ突き立てた。

『——あ、ぅっ』

埋めた指を大きく抜き挿しし、内壁にオイルを塗りつけたあと、男は律動を速める。高速の指遣いで星華の肉筒をぬちぬち、ずぽずぽと捏ねつき回しながら『あぁぁ、やっぱりだあ』と笑う。

『中がやわらけえ。こいつ、男を咥えたことがある身体だ！　それも、相当の好きものみたいだぜ。あっという間にとろけてく！』

興奮気味に言った男はいきなり指を三本に増やして、なすりつけられたオイルを漏らしている星華の肉環をぐぽっと犯した。

『――うっ、ぅ、ぅ……っ！』

腰の奥深くを直撃した重い衝撃に、一瞬全身が硬直し、星華は自由にならない四肢の先で空を掻いた。

『慣らす必要がないのなら、さっさと犬を使え。こいつに覚えさせるのは犬の味だ。お前の汚い手じゃないぞ、スー』

『ひでぇや、リィアンさん。俺の手は汚くないのによぉ』

スーと呼ばれた男はぶつぶつとこぼして指を引き抜き、どこかへ離れてゆく。

嫌な言葉が鼓膜に引っかかってはいるものの、不快な指攻めから解放されたことに吐息を小さく震わせた星華の頬を、もうひとりの男が軽く叩く。

『おい、よく聞け。お前は今晩、変態どもの宴《うたげ》の生《い》け贄《にえ》になる』

『……いけ、にえ？』

『そうだ。まあ、実際に殺されたりはしないが、死んだほうがましな目に遭わされるぞ。変態連中の前で、犬やら馬やらのブツをぶち込まれて、よがり狂わされるんだからな』

自分が獣に犯されるさまを想像し、ぞっと肩を揺らしたとき、部屋のどこかでスーが口を開く。

『本当は今晩のショーに出す予定だった美形の奴隷が二匹いたのに、社長がうっかり間違えて、売っちまってよぉ。残った奴隷は客が萎えそうな不細工ばっかりで、社長、困ってたからなあ。天女みたいな顔した泥棒が降ってきて、喜んでたぜぇ』

何をしているのか、鎖らしい金属をじゃらじゃらと鳴らしながら言ったスーに、リィアンが『さっさと犬を連れてこい』と鋭い口調で命じる。

『そういうわけで、お前にはここへ来た目的を白状する前に、やってもらわなきゃならないことができたが、初めての出演だからな。痛いだの、苦しいだのと泣き叫んで、客を白けさせないよう、先にここで犬の味を覚えてもらう』

『……ショーとは、今晩のオークションのこと……、なの、か？』

胸を突き破りそうな恥辱を抱えて声を震わせた星華に、リィアンが『いいや』と答える。

『オークションとはべつの、ＶＩＰ専用のお楽しみパーティーだ』

獣に犯されている無様な姿を、紫苑に見られるわけではない。そのことに安堵すると同時に乾いた笑いがこみ上げてきた。

明日になっても自分と連絡が取れなければ、紫苑は真剣に行方を追ってくれるだろう。けれども、その頃にはもう生きていないかもしれない。

胸の中で激しい後悔が渦巻き、眦に己の愚かさへの悔し涙が滲んだ。

ただ散る覚悟ならできていた。生け捕りにされれば、痛めつけられるだろうことも承知の上だった。だが、こんな陵辱を受けるとは微塵も考えていなかった。――初めてこの街へ足を踏み入れた日、ここはそういうこともある世界だと紫苑に聞かされていたにもかかわらず。

　どうせ助からないのならば、好きな男に抱かれた記憶だけを身体に刻んで黄泉《よみ》へ旅立ちたい。獣に犯されるなど、絶対に嫌だ。星華は舌を噛もうとした。けれども、それより先に『おっと、早まるなよ』と棒状の口枷《くちかせ》を突っこまれ、嵌《は》められた。

『そう悲観するな。生きてここを出る手が、ないわけじゃないぞ。お前をここへ送りこんだ者と、手引きした者の名前を教えろ。そうすれば、俺が何とかしてやるぞ?』

　迅速に口を割らせれば褒美《ほうび》でももらえるのか、リィアンの声音が薄気味悪い甘さを宿す。しかし、露骨に嘘が透けて見える口約束など信じる気には到底なれなかったし、元より何も話す気はない。

　せめてもの抗いに大きく首を振ると、忌々しげな舌打ちが返ってきた。

『やれ、スー。ただし、本当に狂って使い物にならなくなったりしないように、ちゃんと手加減はしろよ』

『わかってますよ、リィアンさん』

　すぐそばでスーの笑い声が響いた直後、後孔に何か小さくて、弾力性のある固形物がいくつも捻りこまれた。

『――ふ、ぅっ』

バターの欠片のようなそれらは星華の体内の熱を吸収し、すぐにどろどろと溶けていった。自分の中で奇妙な粘り気のあるぬめりがオイルと混ざり合って広がり、ぴゅっぴゅっと細く噴き出す感触が厭わしく、喉を鳴らしたときだった。

ひくつく後孔の表面を、べろんと舐められた。ひと舐めで陰嚢までをも高く弾き上げたその熱く大きなものが、動物の舌だと気づいた瞬間、肉環をにゅうっと突き刺された。

『――んんぅっ！』

隘路を強引に貫いた舌には、無数の疣《いぼ》があった。びっしりと生えた硬い突起物で肉筒を強く擦られるおぞましさに、星華はうろたえ、仰け反った。

『んぅ……っ、んっ、んっ、んぅ――っ！』

下腹部に力を入れ、気色の悪い異物を何とか押し出そうと試みる。だが、疣で覆われた舌は星華の抵抗などものともしなかった。狭い肉洞の収縮を猛々しく撥ね返し、粘膜をにゅるにゅると舐め啜りながら、ぐいぐいと奥へ進んできた。

『――くっ、う、ぅ……っ』

舌は信じられない深部までもぐりこんでくると、先端だけを猛烈な速さで上へ下へと閃《ひらめ》かせて内壁を擦り、掘りえぐった。あまりの勢いと圧迫感に粘膜を突き破られてしまいそうで、星華は悲鳴にならない悲鳴を上げてのたうつ。

『んうぅぅ――っ！』

自分の体内を貪っている生きものを、男たちは『犬』と呼んでいた。下肢に感じる荒い息遣いも鼻先に漂ってくる異臭も、まさしく獣のそれだ。けれども、肉筒を犯す舌の大きさや長さ、疣を纏った形は到底、犬のものとは思えなかった。

一体自分が何に襲われているのか、まるでわからない恐怖に首筋が粟立ち、噴き出た冷や汗が肌を伝う。

『おい、おい。そんなに萎《しぼ》ませるなって。ここじゃまだ、痛いことは何もしないぜ？』

頭の近くでスーの声がして、いつの間にか硬度を失っていたペニスにとろみのある液体がかけられる。

『ほら、お前たち。優しく、そぉっと舐めてやれ』

スーが言い終わると同時に、棒状の器具を刺されたままのペニスに二枚の舌が絡みつく。

ペニスを嬲《なぶ》りはじめた舌にも、やはりびっしりと突起が生えていた。

『──ふっ、……く、ぅんっ』

『そいつらはなぁ、普通の犬じゃない。人間を快楽漬けにするために、改良に改良を重ねて作られた犬だ。調教も、ちゃあんとすんでる。だから、お前さんに傷をつけたりはしないから、安心しろ』

それに、と笑ったスーの指が、星華の乳首をきゅっとつまむ。

『尻孔のほうも、そろそろ薬が効いてきたんじゃないか？』

まるでその言葉が合図にでもなったかのように、激しくかき回されていた肉筒の奥の熱だまりから、ぞわぞわとした感覚が這い上がってきた。それはまぎれもない快楽だった。

『――んん、うぅ……っ！』

異様な形の舌で後孔とペニスを同時に舐めつぶされながら、乳首を捏ねもまれ、星華は腰を躍らせた。

『へっへっへっ。また勃った、勃った！　そら、そら。もう一匹、来るぜ』

下品な笑い声が耳を打つ。何かが、星華の上半身を跨いだ気配がした。それは、強制的な快楽に勃起してしまったペニスの根元で茂る陰毛を舌でざりざりと擦ったり、蜜口に刺さった器具を器用に出し入れしたりした。

尿道、ペニス、後孔、乳首。すべてをいっせいに犯されて、頭の中が沸騰する。

『――んんぅっ、うっ、うっ、うぅ……！』

感じたくなどないが、一度認めてしまった快楽は強烈な大波となって星華を襲った。ペニスが弾け飛びそうに膨らんでいる。なのに、膨張する一方の熱の出口は塞がれている。

もう、たまらなかった。星華は首を振り、腰をくねらせ、空を蹴って激しく悶えた。

『んぅっ！　んぅ！　うぅ――っ』

おぞましく絡みつく舌と指に与えられる愉悦を、少しでも痛みに変えたかった。痛みがあれば、正気を保てる。星華は懸命に苦痛を求めたが、もがけばもがくほど悦楽の波は大きくなっていった。

ぬるつく尿道を、ずろろろっと擦りながら出入りする硬い棒。人間ではあり得ない単調さと速さと力強さで肉筒を掘り、最奥をれろんれろんとかき回す舌。いくら感じたくないと願っても、それは叶わなかった。鋭く尖った喜悦が全身を駆け抜け、思考を梳ってゆく。

『ふっ、う……っ、う、う、う……っ』

愛おしい男との思い出が獣に汚《けが》される悔しさに涙をこぼしたとき、後孔を穿っていた舌がふいに動きを変えた。ただ突くだけでなく、肉筒の中で表に裏にとひらめきはじめたのだ。まるでそこを蛇が這っているかのような不気味に波打つ律動で、媚肉をぐねぐねと擦り上げられる。

下肢が溶け落ちそうな怒濤の快楽が腰の奥で渦を巻き、足先をきつく丸めた瞬間、感電めいた凄まじい刺激が背を走り、全身が激しく痙攣した。

『――んんんっ……、んぅ……っ！　んぅ！　んぅ……っ！』

自分の身体に何が起こったのか、頭に霞がかかった星華にはわからなかったけれど、乳首をいじっていた男がその答えを投げた。

『すげえ！　こいつ、出さずにイきやがった！』

興奮気味の声を響かせた男は、『おい、お前ら、どけ』と星華の身体から犬たちを離す。

そして、閉じきらない蕾へ指をぶすりと突き刺した。

『く、ぅ……っ』

『うほぉ！　すげぇ！　何だ、これ。中がうねりまくって、指が食いちぎられそうだ！』

すげえ、すげえ、と奇声を発し、男は絶頂の余韻に収斂する媚肉を、何の容赦もなくずぶずぶ、ずぼずぼと突いた。

『んぅ！　んっ、ふ、……ぅっ！』

過ぎた快楽に、星華はわけがわからなくなって腰を振り立てた。無遠慮に肉筒をえぐる指を締めつけ、悶絶するうちに、頭の中の濁りが重くなってくる。

『ひぃぃ。もう、たまんねや！　なあ、リィアンさん。頼む、一回だけ！　一回だけ、見逃してくれ』

『馬鹿を言え。今、そいつに挿れていいのは、犬のブツだけだ。お前は明日まで待て』

『待てねえよ！　頼む！　先っぽだけだ。先っぽを、ほんのちょっと挿れるだけに――』

星華のぬかるむ肉襞を、芋虫のような太い指でぐぽんぐぽんと勢いよく串刺しにしていた男の言葉は、突然上がった爆音にかき消された。それに吹き飛ばされでもしたのか、男の存在も星華の体内からふっと霧散した。

続いて銃声が響き、複数の足音が部屋の中へなだれ込んできた。

「星華っ！　星華、無事か？　返事をしろ、星華！」

紫苑の声が鼓膜を劈き、四肢の拘束と口枷を外される。

「し、おん……」

声を小さく震わせると、目隠しをむしり取られた。

開けた視界に、特殊部隊の黒ずくめの戦闘服を纏った男の姿が映る。

顔のほとんどはマスクとヘルメットで覆われていたが、星華に向けられた双眸にはもう二度と見られないと思っていたアメジストの煌めきが宿っていた。

毛布を、と叫んだ紫苑の手に渡されたそれで包まれた身体を抱き上げられる。

心地のいい腕の力をはっきりと感じる。けれども、星華にはそれが現実なのか、恋しさと後悔が生んだ幻なのか、確信が持てなかった。もしかしたら、紫苑との記憶を汚されることが耐えきれず、自分は狂ってしまったのかもしれない。そして、五感を閉ざし、自分の見たい幻想世界へと逃げこんだだけなのかもしれない。

だが、それでもよかった。恋しい男の腕に抱かれ、心はとても安らいでいた。遠くで轟《とどろ》く銃声や怒声、獣の断末魔をぼんやりと聞きながら、星華はゆっくりと意識を手放した。

暗闇の中で星がふたつ、またたいていた。高貴な紫の煌めきを宿す、美しい星だ。

あまりに近いので、届くのではないかと思い、伸ばした手の先に指が絡みつく。

「目が覚めたか、シスコンの宮」

耳もとで紫苑《しおん》の声がして、星華《せいか》は目をしばたたかせる。

何度かそれを繰り返すうちに、視界も意識も鮮明になってゆく。

そこは紫苑の城館の寝室だった。灯《あか》りは扉口《とぐち》のランプがひとつついているだけだったが、大きな窓から月明かりがさしこんでいて、部屋の中はほのかに明るい。

星華は、幾度となく紫苑と抱き合ったベッドの上に横たわっていた。

白い蓬萊《ほうらい》寝間着を着せられた身体は、さっぱりと清められている。帯がゆるく結ばれた腰のあたりが少し重いように感じるものの、気分は悪くない。

枕元のすぐそばに置かれた椅子に紫苑が座り、星華を見つめていた。ヘルメットやマスクは外しているけれど、あの黒い戦闘服のままだ。陸軍の特殊部隊のそれに似ているが、よく見ると細部が違う。紫苑が着用しているということは、情報局のものだろうか。

「その戦闘服……。情報局にも特殊部隊があるのか？」

「あるぞ、シスコンの宮。一応、非公開だがな」

「……シスコンの宮とは俺のことか？」

ほかに誰がいる、と答えた紫苑の声は穏やかではあったものの、甘くはなかった。

当然だと思いながら、星華は視線を頭上へ移す。

助け出されたときには夢を見ている気がしていたが、あれは現実だった。迷惑をかけたくなくてひとりで動いたのに、結局そのせいで紫苑の将来に影が落ちた。

自分のために情報局の部隊を動かした責任を、紫苑は問われるかもしれない。あれほど望んでいた泉堂瑠璃子《せんどうるりこ》との結婚も、この一件のせいで破談になるかもしれない。戦闘服がどうのなどと、くだらないことを口にしている場合ではない。今、何よりも先にすべきことは謝罪だ。

詫びるために身を起こそうとしたとき、紫苑がため息交じりに言葉を継いだ。

「あそこから救出したあと、お前がうわ言で繰り返すのは『姉上、姉上』ばかりで、俺の名前は一度も出なかった。着替える間すら惜しんで、こうして付き添っているのに、お前は薄情だ、星華」

紫苑は絡めた指先で、星華の手の甲をそろりと撫でる。

怒りではなく、名を呼ばれなかった不満をあらわにされ、星華は戸惑う。

「……俺がしたことを、怒っているのではないのか？」

「もちろん、怒ってはいる。お前が勝手に先走って捕らえられたと報告されたときには、心臓が潰れる痛みを味わったのだからな。蝶名橋《ちょうなばし》などは、こうなったのは自分の責任だから、お前に万が一のことがあれば腹を切るなどと言い出して、盛大に狼狽えていたんだぞ」

それなのに、と非難の色を宿した声が降ってくる。

「お前の頭の中には、姉君のことしかないのだな」

星華は上半身を起こし、「そんなことはない」と強く首を振った。

きっと自分の身を案じ、思いつめないように配慮してくれているのだろう紫苑の言葉を、都合よく曲解してしまわないために。

「蝶名橋は何も悪くない。俺が嘘をついて、あの場所のことを聞き出したのだ」

責めないでやってくれ、と訴えたとたん、紫苑の眉がかすかに寄った。

「……もしかして、もう罰してしまったのか？」

「まさか。麗しの白薔薇のことになると、俺は大抵まともではなくなるが、そこまでとち狂ってはいない」

答えた紫苑の唇から、淡い苦笑が漏れる。

「それにしても、姉君の次は蝶名橋の心配か。王子に救い出された姫が王子の腕の中で言う台詞《せりふ》は普通『王子様、愛しています』だぞ、星華」

紫苑は、泉堂家の令嬢との結婚を熱望しているはずだ。なのに、まるで自分を愛してでもいるかのような言葉を続けざまに紡がれ、頭の中が混乱した。

「……それは王子と姫が愛し合っている場合の話だし、第一、俺は姫じゃない」

「俺にとっては、お前はこの世で並ぶ者のない麗しの美姫だ」

やわらかに笑んで、紫苑は引き寄せた星華の手に口づける。

「愛してる、星華。まだ一度もちゃんと気持ちを伝えていないのに、お前を失うかもしれないと思ったら、本当に生きた心地がしなかった」

ゆっくりと鼓膜に沁みこんできた囁きに、星華は大きく目を瞠る。

「お前が愛しているのは、泉堂家の令嬢では……」

「彼女のことは友人として好ましいだけだ。お互いにな」

「だが、……だが、お前は彼女と結婚するではないか。それに、彼女はお前の幸運の女神《フォルトゥーナ》なのだろう?」

そうだと大きく頷いて紫苑はベッドの上へ上がり、星華の隣でごろりと仰向けになる。

「彼女のおかげで、お前を手に入れられたからな」

「……どういう、ことだ?」

「お前との取引の原案を考えたのは、実は彼女なんだ」

泉堂瑠璃子は考古学者になるという夢を実現すべく、大学卒業後の進路は海外留学と決めていた。その予定は紫苑との縁談話が持ち上がったために、父親の公爵によって勝手に取り消されてしまったが彼女は諦めず、海外逃亡を試みたという。

「瑠璃子嬢には社交界にデビューする前の十代の頃から、彼女の聡明さと美しさに魅了された取り巻きが大勢いた。だから、誰かひとりくらいは助けてくれるだろうと楽観視していたのに、ことごとく失敗したそうだ」

「泉堂公爵家を敵に回す気概のある者がいなかった、というわけか?」

「ああ。幾人かの勇者もいたことはいたらしいが、彼らにあるのは瑠璃子嬢への愛だけで、金がなかった」

発掘調査をおこなうためには、莫大な資金が必要だ。支援者《パトロン》を見つけられず、また「陛下の命に背いて逃亡するなど、一族を滅ぼす気か」と公爵夫妻に詰られ、彼女は渋々結婚を承諾した。しかし、初めて会った紫苑に、はっきりと宣言したそうだ。

——陛下のご命令ですから、殿下と結婚いたします。ですが、わたくしに妻としての役割はお求めにならないでくださいませね。わたくしの心と身体は、すでに巨人に捧げました。ですから、私はもう巨人の妻のつもりでおりますの！

「……巨人の妻」

星華は唖然とまたたいたあと、淡く唇をほころばせた。

瑠璃子が抱く巨人の骨への情熱を早乙女《さおとめ》から初めて聞いたときは、ずいぶん変わった娘だと思ったけれど、今は何だか微笑ましく感じた。

そんな星華を、紫苑が少し不思議そうに見やる。

「あまり驚いていないな、星華。俺はいきなりそう告げられたとき、もしや彼女は宇宙から何らかの思念派を受信している電波系か、と思わず顔が引き攣ったぞ」

「研究所の副官が考古学好きで、彼女と面識があるんだ。その副官から、彼女の夢のことは聞いて知っていた」

そういうことかと笑って、紫苑は話を続ける。

瑠璃子の発した強烈な第一声に紫苑は面食らいつつも興味を持ち、何度か会ううちに意気投合して友人になったのだという。

「……友情が愛情へ発展したりは、しなかったのか？」

「しなかった。お互いに彼女は伝説の巨人、俺はお前しか眼中になかったからな」

星華を見つめ、紫苑はつやめかしく微笑む。

「一目惚れの初恋をして以来、俺はずっとお前に夢中だ、星華」

優しい声音で与えられた言葉に心臓が大きく跳ね、瞼《まぶた》がわななく。

反射的に胸の中を占めたのは嬉しさよりも、信じられない気持ちだった。

誰もが賞賛し、憧れ、羨む完璧な夢の王子が、まさか自分をずっと想い続けていてくれたなんて。子供の頃に自分がしたことを顧みれば、好意などとても持ってもらえるはずがないのに――。

「……だが、あんなに何度もお前を拒んで……、傷つけたのに？」

それでも好きだったと紫苑は静かに笑って、また星華の指に自身のそれをそっと絡める。

触れ合った肌から優しい体温が流れこんできて、星華は睫毛を震わせた。

「蓬萊へ来てしばらくは、俺にはここが寒々しくて薄暗い灰色の国に見えていた」

「灰色の国？」

「ああ。母親の母国だから言葉や文化は知識として知ってはいても、あの当時の俺にとって蓬莱は世界の果ての異国だった。アリステアの王子として存在価値のない三番目だったせいで、こんな最果ての島国へ捨てられたのだとやさぐれていたのもあるが、俺が如月宮《きさらぎのみや》家の養嗣子になることを、ほとんどの皇族は快く思っていなかったからな。俺を見て、目に汚らしい色のついた動物だと言う者もいた。神話の時代から数えれば二千年ものあいだ、純血を保ってきた皇族の系譜に異物が混ざることがどうしても許せなかったのだろうが、どこへ行っても必ず蔑みが飛んでくるこの国が嫌でたまらなかった」

淡々と語る紫苑の手を、星華はぎゅっと握る。たった十歳だった幼い紫苑の心を、どれほどの言葉の刃が襲い、切りつけたのかと考えると、胸が痛かった。

「こちらの両親と陛下は優しかったが、それでも子供だった俺には、ここは耐えられない場所だった。毎晩ベッドに入るとき、このまま死ぬまで眠っていられればいいのにと願っても、朝になれば目が覚める。それが苦痛で、だんだん視界から色が抜けていった」

だが、と紫苑は甘やかな笑みを湛える。

「俺の目を綺麗だと言ってくれたお前に出会って、俺の世界は色づいた。お前に心を奪われた瞬間を、俺は今でもはっきりと覚えている」

星華に向く双眸の光が、高揚を宿して強くなる。そのアメジストの煌めきが眩しくて、星華はかすかに瞼を伏せる。

「お前が突然つれなくなって傷つきはしたが、罪悪感に満ちた目を見れば、ほかの奴らのように俺を疎んじてそうしているわけではないことは明白だったからな。そのことで、お前への想いが冷めたりはしなかった。ただ、学参院《がくさんいん》で何年も机を並べて過ごし、お前の生真面目で融通のきかない為人《ひととなり》を理解して、痛感したのだ。お前は決して皇族の世界の決まり事を破らないし、破れない。ならば、しつこくつきまとって困らせるよりは、潔《いさぎよ》く諦めるべきだ、とな」

そこには、星華を責める色は微塵もなかった。だからこそ、星華は嬉しさを感じるよりも、今も昔も取るべき行動を誤ってしまった愚かさを強く悔いた。

「それに、俺はお前に恋をしていたが、あのときのお前は同性の俺をそういう対象としては見ていなかっただろう？　そんなお前に下心を隠して近づいたところで、自分の首を絞めるだけだ。だから、自分自身のためにも諦めようと努力をした」

したが、できなかった、と紫苑は小さく苦笑を漏らす。

「どうあがこうとお前への恋心を葬《ほうむ》りさることはできなかったし、お前以上に好きだと思える者にも出会えなかった。気がつけばいつも、お前に少しでも似た誰かの温《ぬく》もりを求めて、そのくせふと我に返ったとき、腕の中にいるのがお前ではないことに心底、絶望した。ずっと、そんなことの繰り返しだった」

自分に似た誰か。それは女なのだろうか。それとも――。

「紫苑。お前、ノーマルなセックスしか経験がないと言っていたあれは……」

「嘘だ。許せ」

紫苑は星華の指先に詫びるような口づけを落とし、軽やかな口調で瑠璃子とのあいだで起こったことを語った。

初対面で発掘調査への捨てきれない情熱を明かした瑠璃子に、紫苑もまた、自分にも心を囚《とら》われているものがあることを告げた。すると瑠璃子は、強い関心を示したそうだ。

——まあ。叶わぬ禁忌の恋に二十年近くも身を焦がして苦しんでいらっしゃるだなんて、殿下は変わったお方ですのね。もしかして、マゾヒストでいらっしゃるの？

互いの変人ぶりに関心を持ったことで、ふたりは一気にうち解けたという。

愛し合えはしないけれど、友にはなれる、と。

そして、次に会ったとき、ふたりは秘めた夢を語り合ったそうだ。

「彼女には巨人の骨を発見する以外に、何か夢があるのか？」

「ああ。ピラミッドやモアイ像などの巨大遺跡を巨人が建造した証拠を発見して、世界を驚かせることだ。で、俺はお前とセックスをすること」

そんなあからさまな夢を憚《はばか》ることなく口にした紫苑に、瑠璃子は言ったそうだ。「わたくしには殿下の恋の手助けはできませんけれど、それなら協力できますわ」と。

——失礼ながら、涼白宮《すずしろのみや》様のお暮らしぶりは楽ではいらっしゃらないとか。困り事のひとつやふたつはおありでしょうし、殿下ならそれをお調べになるのはたやすいはず。何かいい材料を見つけて、涼白宮様と条件つきの取引をなさってください。そうですわね。たとえば、わたくしがアナルセックスでしか満足できない変態女で、でも殿下にはその経験がなく、結婚生活が心配だという設定はいかがでしょう？　そして、涼白宮様の困り事を解決する代わりにアナルセックスの練習台になっていただくんです。そうすれば、殿下の積年の悲願が達成できますわ！

高らかに叫んだあと、瑠璃子はさらに続けた。

――もし、事が上手く運んだあかつきには、わたくしのお願いも叶えてくださいませ。

「何をねだられたのだ？」

「結婚後、毎年三カ月は海外へ発掘に行かせることと、その資金提供」

「……本当に変わった令嬢だな」

「ああ。だが、最高の幸運の女神《フォルトゥーナ》だ」

言って、紫苑は朗らかに笑う。

「取引材料を探しはじめてすぐに、あのイヤリング事件が発生したからな」

「特区で会ったのは、偶然ではなかったのか？」

「いや。あれは本当に偶然だった。だから、その点でも彼女は俺の幸運の女神《フォルトゥーナ》だ」

「……しかし、お前は最初、俺に何の見返りも求めず、手を貸してくれようとしただろう？　なぜだ？」

「いきなり、イヤリングを取り戻してやるからお前の処女を寄こせと求めるのは、紳士のすることじゃない」

妙に真面目ぶった顔で答えてから、紫苑は双眸を細める。

「弱みにつけ込んで無理やり処女と交換の条件を飲ませるのは、お前を陵辱するのと同じだ。だから、たとえイヤリングの件が取引にならなくても、それでお前との繋がりができれば、いつかまた好機が巡ってくるだろうと思っていたんだ。お前と違って、俺には切羽詰まったタイムリミットがあったわけではないしな」

優しい声音を紡ぐ男の名を、星華は呼ぶ。紫苑は「何だ？」と微笑む。

「……彼女と、……いつ、結婚するのだ？」

取引の際に告げられた言葉にはいくつか嘘があったけれど、事情を知れば、それはべつに心に傷をつけるようなものではなかったので、腹は立たなかった。

しかし、互いに想い合っていたことを、単純に喜ぶ気にもなれなかった。

皇帝の取り持った縁なのだから、紫苑と瑠璃子は必ず結婚する。――せねばならない。

紫苑は結婚後も自分との関係を続けるつもりのようだが、星華にはそれを受け入れる自信がなかった。

そもそもの発案者である瑠璃子は自分たちの仲を認め、祝福してくれるだろうし、社交界の規律さえ犯さなければ、妻帯者と恋愛をすることは特に不道徳なことではない。いくら蓬莱では同性婚が認められているとは言っても、自分と紫苑の立場ではこれ以上の関係は望めないのだから「愛人」の地位で満足すべきなのはわかっている。

けれども、今回のことで星華は思い知った。恋に溺れている自分の心は脆《もろ》い。どれだけ愛されても、きっといつか「愛人」でいることが辛くなり、また突発的に愚かな考えにとりつかれてしまう気がする。

この恋を自覚してからずっと、紫苑に愛されたい、と渇望していた。その願いが叶ったのに、恋する心とはどうしてこんなにも欲深いのだろうか。

どうにもならない自分の貪欲さを恥じ、星華はうつむいて唇を噛む。

「星華。それを答える前に、聞かせてくれ。どうして、俺に何も言わずにこんな馬鹿な真似をした？」

伸ばした手の指先で星華の頤を撫で、紫苑は問う。

「昔は俺の一方的な片想いだったが今は違うと感じていたのは、俺の自惚《うぬぼ》れか？」

言葉を交わすうちに何となくそんな気がしていたが、やはり自分の気持ちを察していたらしい男に、星華はゆるりと首を振る。

「違う。俺も、お前が好きだ、紫苑。好きだ……。だが、俺はお前が彼女を愛していると思っていた。……だから、愛する者の幸せの妨げになりたくなかった」

そう告げた星華の身体を、ふいに起き上がった紫苑がきつくかき抱く。

「すまぬ、星華」

甘い息苦しさを覚えながら、星華は「何が？」と声をこぼす。

「俺がもう少し早く決意を固めていれば、お前をこのような目に遭わせずにすんだ」

星華の肩を抱く力を強くし、紫苑は「彼女とは結婚しない」と言った。

「陛下には、そのお許しをいただいた。それから、お前にプロポーズをすることも」

一瞬、自分の耳が信じられなくなり、星華は大きくまたたく。

「彼女との縁談話をなかったことにするだけならともかく、お前と結婚したいと言い出した俺の正気を陛下は疑われて、本気だということを理解していただくのに一晩かかった」

「――どう、して、そんな奏上を……？」

「お前が、俺を愛してくれたからだ」

耳もとでやわらかな声が響く。

「最初は、お前との関係はイヤリングを取り戻すまでのつもりだった。お前は俺を、取引相手としてしか見ていなかったからな」

だが、と紫苑は言葉を継ぐ。

「薔薇園でお前に口づけたとき、お前の気持ちの変化に気づいた。お前と愛し合えているとわかったそのとき、すぐに本当のことを話そうと気持ちが逸《はや》りもしたが、まず先に彼女との縁談を正式に断ってけじめをつけておくべきだと考え直したのだ。それから、頭の固すぎるお前が色々思い悩んで、俺のために身を退《ひ》こうなどと馬鹿な判断を下さぬよう、先に『陛下のお許し』という最終兵器を手に入れておくべきだともな」

紫苑がそんな決断をしたのは最後に会った日のことで、願い出ていた謁見が叶ったのが昨夜だったそうだ。ふたりだけの会食の形でおこなわれた皇帝との面談は遅くまで続き、携帯電話に星華が残したメッセージに紫苑が気づいたのは深夜だった。

蝶名橋の報告もあり、今朝までは返信がないことをあまり気にしていなかったようだ。しかし、連絡がつかないまま時間が経ち、だんだんおかしいと感じ始めた矢先に、あのホテルに潜入していた間諜から星華が捕まったことを報されたという。

「思い立ったその日に即座に行動に移せばよかったものを、そうすれば参内したり、彼女と今後のことを話し合ったりで、お前と何日か会えなくなる。それが耐えがたく、ついずるずると日延べしてしまった。悪かった、許してくれ、星華」

「……お前は少しも悪くない」

紫苑の本心を知っていれば、確かにあれほど思いつめなかったかもしれない。しかし、紫苑には今日のことを予知はできなかったし、すべてが自分への愛ゆえのことだったのだ。

責める気などまったく湧かず、星華は愛おしい男の背に腕を回す。

「それより、非公開の部隊を勝手に動かしたりして大丈夫なのか？　……何か、処分を受けるのではないか?」

「勝手に動かしたのではない。陛下の許可をちゃんと賜っている」

　そう告げて、紫苑は「特区で蓬萊人の人身売買がおこなわれていると話したこと、覚えているだろう?」と訊く。星華は「ああ」と頷きを返す。

「こちらの目的はあくまでお前の救出だったから、捕獲した貿易商や幹部連中の取り調べは警察に任せてあるが、押収物からその人身売買の詳細なルートが判明して、陛下は大層お喜びだ。もちろん、お前の無事も」

　紫苑に処分が下ることはないとわかり、星華は安堵して目の前の逞しい肩に頬をすり寄せる。

「それにしても、なぜトップのお前自身がわざわざ出てきて、戦闘に加わったりしたのだ? 俺に言えた義理ではないが、危ないではないか。何かあったら、どうするのだ」

　本当にお前に言えた義理ではないな、と紫苑は星華の耳朶を甘嚙みして笑う。

「何があろうと、捕らわれた姫の救出は王子の役目と決まっている」

　あまりにきっぱりとした声音の響きに、星華も笑う。

「情報局のトップの座には、俺がいなくなればすぐに代わりが補充されるが、俺にとってのお前も、お前にとっての俺も、代わりなどいない唯一無二の存在だ。お前の生死も定かではない状況で、突入の様子をモニタでのんきに眺めていることなどできるはずがない。

無事なら誰よりも先にお前を抱きしめたかったし、そうでなければお前の命を奪った者にこの手で報いを受けさせたかった」

静かに言った紫苑は一呼吸置いて、星華の唇を軽く啄んだ。

「それに何より、部下が助け出した姫に、安全な場所からのこのこ登場してプロポーズする王子など、さまにならないだろう？」

そうだな、と泣き笑いの声を小さくこぼしたとき、身体をそっと押し倒された。星華の頭の上に、紫苑が両手を突く。アメジストに輝く眼差しが、まっすぐに落ちてくる。

「必ず幸せにする。だから、一生俺のそばにいてくれ、星華」

「……陛下は、俺たちのことを何と仰ったのだ？」

「黴臭い皇族の世界を変えるいいきっかけになるだろう、と」

「瑠璃子嬢は？　お前との婚約内定を、あれほど派手に報じられたあとだ。恥をかかされたと怒っているのではないか？」

「いや。彼女はこういう類のことを恥だとは感じないし、祝福もしてもらったぞ。条件つきではあったがな」

「条件？」

「もしまた誰かと結婚させられそうになったときには逃亡の手助けをすることと、彼女の発掘調査の支援者になること」

泉堂公爵家には、紫苑が近日中に縁談破棄の詫びに行くという。その後、瑠璃子は紫苑に振られたショックを装って、念願の留学を果たす算段なのだそうだ。

紫苑にとっても、星華にとっても、瑠璃子は幸運の女神《フォルトゥーナ》となってくれた。その彼女も、自身の壮大な夢へ向かって再び歩き出したらしい。星華はそれを嬉しく思った。

「如月宮様にも、もうお伝えしたのか？」

そっちはまだだ、と紫苑が苦笑する。

「たぶん瑠璃子嬢のときのようにすぐに諸手を挙げて喜んではくれないだろうが、最終的には俺の意思をきっと尊重してくれる。そう確信できるだけの愛情を受けてきたし、陛下も加勢すると仰ってくださっている。だから、心配は無用だ」

「俺は、謁見の間以外でお言葉をいただいたことは一度もないのに、お前は陛下にずいぶん寵愛されているのだな」

それをべつに羨んではいないので、ごく軽い調子で言うと、「かなりされているぞ」と紫苑もあっさりと認めて微笑む。

「望む気など毛頭ないが、もし望めば玉座もくださるかもしれない、というほどだ」

冗談を転がしている声音には聞こえず、星華は驚いてまたたく。

「お前が甥だからか？」

「ずっとそう思っていたが、少し違うのかもしれない」

一瞬、迷うように眼差しを揺らしてから、紫苑は話を続けた。

「お前とのことを認めてくださったとき、陛下はこう仰ったのだ」

――そなたも私も、周りから普通に祝ってもらえる恋ができぬとはな。妙なところが似たものだ。

紫苑はそこで言葉をとめたが、意図したところはわかった。

おそらく、皇帝は紫苑の母を――つまりは実の姉に恋をしていたのだろう。そして、その目に紫苑は「甥」ではなく「愛する者の子」として映っているのだろう。

「星華。ほかに質問がなければ、返事をくれ」

ここ数年で跡継ぎではない皇族が、貴族や平民と同性婚をした例は何件かある。しかし、皇族同士、ましてや宮家の当主と嗣子という組み合わせはない。帝室典範では想定されていない婚姻なので、法的なことも含め、多くの問題があとからあとから積み上がってくるだろう。けれども、紫苑と手を携えていれば、踏み越えていけるはずだ。

皇族の身分を失う可能性もあるが、皇帝の甥と姻戚になれるのだから水薙《みずなぎ》伯爵は藤華《ふじか》と離縁はしないだろう。そんなことを考えていたさなか、星華はふと思い出した。

「――イヤリング！　姉上のイヤリングは、どこにある？」

咄嗟に身を離し、慌てた声を発した星華を、紫苑が眇めた目で見やる。

「とっくに届けたぞ、シスコンの宮。もちろん、元伯爵夫人が帰宅する前にな」

既に状況を把握していたらしい紫苑の眼差しが、非難の色を濃くする。

「そう、か……」

ほっとした気持ちと同時に、ばつの悪さを覚え、星華はじわりと目もとを赤らめる。

「その、色々と面倒をかけたな……。礼を言う」

「俺がほしいのはプロポーズの返事だ、シスコンの宮。早く返事をしろ、シスコンの宮」

「人聞きの悪い言葉を何度も連呼するな。俺は断じて、シスコンなどではない」

早口に言って、星華は紫苑の腰を跨いで座る。

「俺は姉上ではなく、お前を愛している、紫苑。だから、返事はイエスだ」

答えた身体の下で、紫苑が勃起したのを感じた。自分の言葉を全身で悦んでくれる男の反応が嬉しくて、星華は寝間着の帯を解こうとした。しかし、なぜかその手をとめられる。

「そこまでだ。それ以上やられると、下半身が暴走する」

「お前の下半身は、いつも暴走しているではないか」

「ああ。だから、今晩は駄目だ。理性を総動員して必死で堪えているのだから、誘惑するな、星華。医者にも、安静にさせるよう言われている」

性的拷問を受けた自分の身と心を、紫苑は案じてくれている。そうわかった瞬間、嬉しさがはち切れそうに膨らみ、星華も勃起した。

「それは、俺の身体にどこか異常があるからか？」

「いや、そういうわけではないが……」

「なら、抱いてくれ、紫苑」

星華は寝間着の前を左右に広げる。下着ははかされていなかったので、そのままあらわになった空をたゆたうペニスで雄を誘う。

「今晩だから、抱いてくれ。お前の熱で俺の身体を溶かして、今日のことをすべて忘れさせてくれ」


勃起したペニスを突き出し、揺らし回す星華を見やるアメジストの双眸に、一瞬にして獣の光が宿る。

互いの布越しに、雄がさらに猛って膨張したのがはっきりとわかった。熱く、激しい息づきが、肌に響いてくる。星華は我慢ができなくなり、腰を前後に揺すって、薄布が貼りついている会陰部で硬い熱塊を擦った。

もどかしいけれど、気持ちがよく、根元から躍りしなったペニスから、淫液が糸を引いて垂れ落ち、紫苑の腹部に瞬く間に透明な溜まりを作る。

「……あ、ぁ……。し、おん……」

「ほんの半月前は、俺のペニスを見て猥褻物だと眉をひそめる無垢な白薔薇だったのに、すっかり美しくも妖しい淫花となったな、星華」

伸びてきた手に屹立を握られる。

「あっ」

温かな掌で茎を扱かれ、陰嚢をきゅっ、きゅっとねじり揉まれると、もう駄目だった。

嬲られていたあいだ、ずっと蜜口を塞がれていたせいなのか、凄まじい射精欲が突き上がってきた。

「――あああぁ！」

膨張し、痙攣するペニスの先端から、精液がまるで噴水のように勢いよく噴き上がる。

高い天井に届かんばかりに飛び散った白濁は、ベッドだけでなく、床の上までもびしゃびしゃと汚した。

「濃いな」

ひくつく秘裂のふちからとろりと垂れていた白い雫を紫苑が指先で掬い、舐め取る。

「……あ、あそこでは、ずっと、尿道に、棒を……、さ、挿されて、いた、から……」

体内を駆け巡る絶頂の余韻に震える身体を、身を起こした紫苑に抱きしめられる。

逞しい腕で包みこまれた喜びだけで、星華はまた果てた。びくびくと跳ねるペニスの先端から、ぴゅうっと精液が散る。

「あれは俺が抜いた。辛い目に遭ったな、星華」

「ん……」

紫苑の腰に脚を絡みつけ、星華は浅く頷く。

「医者は、お前の身体に傷はついていないと言っていたが……、挿《い》れられたか？」

言いたくなければ言わなくてもいい、と囁いた紫苑にしがみつき、星華は口を開く。

「指と動物の舌を……」

小さく告げた背を、優しく撫でられる。

あの生きものは何だったのか訊いてみようとして、やめた。知ったところで、詮ないことだ。今、自分は生きて、紫苑の腕の中にいる。それだけで十分だった。

「酷くしていい……。お前になら、何をされても気持ちがいい。だから、何も考えられなくしてくれ、紫苑」

「お前に無体を働く自信はないが、お前がそう望むなら、努力しよう」

アメジストの輝きをいっそう強くして星華を押し倒した紫苑が、戦闘服を脱ぎ捨てる。

彫像よりも完璧な非の打ちどころのない美しい男の裸体が、星華の前に現れた。

引き締まった下腹部に貼りつくようにしてそそり勃つ長大なペニスは、大量に溢れる先走りを纏っていた。ぬらぬらと赤黒く光り、太い血管を幾筋も浮き立たせて脈動するどっしりとした幹や、高い段差を見せつけて張り出す笠。

その雄々しい形に、興奮がとめどなく湧いてくる。射精したばかりなのに、星華は再び勃起してしまった。気がつくと身体を起こし、隆々と天を突く雄を凝視していた。

あのペニスを愛したい、と星華は思った。

そこへまとわりつく視線の意味を察したらしい紫苑が「少し待て」と星華の頬を撫で、ベッド横のテーブルからオイルの小瓶を取り出し、仰臥《ぎょうが》する。

「俺の顔を跨いでくれ、星華」

何度かしたことのある体位だ。いつもは、秘所をすべて紫苑の目の前に晒さなければならないことに恥ずかしさを感じていたが、今はただ興奮を煽られた。

指示された格好になるために寝間着を脱ごうとしたが、またとめられてしまう。

「脱がなくていい。着物の場合は、めくったり、中へ手を突っこんで見えない部分をまさぐったり、はだけ具合のなまめかしさを鑑賞したりするのが、醍醐《だいごみ》味だからな」

そんなことがどうして醍醐味になるのか、星華にはわからなかったけれど、愉しげな紫苑を見ていると何だか肌が熱くなった。

寝間着を着たまま紫苑の顔を跨ぎ、脈動する巨大なものへ顔を近づける。浮き立つ血管を舐め上げ、紫苑のペニスで一番好きな、くっきりとした括れの部分に口づけた。

唇でそっと食んでみると、ペニスがさらに膨張した。星華の中で、快楽への期待も高まってゆく。もっと大きく育ててみたくて、舌を這わせようとしたとき、寝間着の裾がめくり上げられ、蕾の表面をぐるりと押し撫でられた。

「あっ」

声を震わせた直後、肉環をずぶりと貫かれた。

「ああっ！」

オイルを纏ってぬめる指は一本ではなく、二本だった。

昼間の陵辱の名残《なごり》を留《とど》めてやわらかくほぐれている肉の隘路は、星華が望んだ通りに最初から容赦なく攻め立てられた。粘膜へオイルの潤いを塗りこめる二本の指に、ずぼずぼと高速でえぐられ、突き上げられる。

「ああっ。ああっ……、あっ！　あっ！　あぁ……！」

速い抽挿の振動が下肢に響く。この世の何よりも愛おしい男に激しい愛撫を施され、歓喜の炎が瞬く間に全身を包みこんだ。

自分も紫苑のペニスを愛したいのに、上半身にまるで力が入らない。星華は紫苑の硬い下腹部の上に倒れこみ、腰を震わせて身悶えた。

「あ、あ、あ……っ」

指遣い同様、掘りこまれるそこから生じる水音も、今晩は初めから聞くに堪えないほど淫猥だった。じゅぽじゅぽ、ぐちゅぐちゅと肉が擦れ、ひしゃげる音が、はっきりと耳に届き、鼓膜に粘りつく。

悦楽と羞恥が、綯《な》い交ぜになって襲ってくる。堪《たま》らず体内をかき回す指を締めつけると、もう一本、指が増えた。

「んっ……、く、ぅ……っ」

三本になった指を根元までねじ込まれ、奥の粘膜を突き擦られ、足先へ甘美な痺れが走る。腰が崩れ落ちた拍子に、指をより深い場所へ引きこんでしまい、目が眩んだ。

「あぁぁ……！」

「星華、気持ちがいいか？」

「んっ……、い、いっ。いい……っ」

上擦った声を返した直後、指を引き抜かれる。喪失感に狼狽える間もなく、肉環の両端に指が引っかけられ、ぐぽっと左右に開かれる。そして、大きく引き伸ばされた襞のあいだから、弾力のある温かなものがぬるりと侵入してくる。紫苑の舌だ。

入り口の内側を舐め啜られたかと思うと、媚肉を押しつぶしながらぐっと伸びてきた舌先で弱みをつつかれた。

「あ……。あ、あ、あ……！　あぁっ！」

鋭い愉悦が手足の先へ駆け抜け、星華は前のめりに腰を撥ね上げた。けれども、逃げた腰はすぐさま強引に引き戻され、肉筒を速い動きで舐め回された。

「あっ、あぁぁ……っ！」

官能のこごりを尖らせた舌先でぐいぐいと押し転がされ、やわらかな粘膜をれろれろと

貪られる。熟れた媚肉が、紫苑の舌でとろかされてゆく。

腰骨が溶け落ちるかのようなその感覚に、眦に涙が浮かんだ。星華は、わずかに茶色がかった陰毛の茂りに顔をうずめて、高く啜り啼いた。全身を愉悦の波に包みこまれているせいで、頬にざりざりと当たる陰毛の感触すら気持ちがよくてたまらなかった。

「あ、あ、あ……っ」

自身の下腹部と紫苑の胸の間で挟まれた屹立がぴくぴくとわななき、限界まで膨らんでいるのがわかる。星華は腰を振って叫んだ。

「あぁぁ……っ！　紫苑、紫苑……っ。もう、もう……、出る、出るっ」

喉を大きく反らし、星華は後孔をきつく収縮させる。

「おっと。まだだ、星華」

突き上がってくる欲望がもうすぐ頂点に達しようとしていたとき、紫苑の舌がぬりんと抜け出た。絶頂へと押し上げてくれるものを唐突に失い、星華は深く困惑する。

咄嗟に「どうしてっ」と不満をあらわにした声をこぼし、目の前の漲りに頬をすり寄せて、はしたなく舌技の続きを要求する。

しかし、紫苑は求めに応じてはくれず、星華を自分の身体の上から転がし落とした。そのまま即座に膝立ちになり、星華の脚を左右に割った。

「今度は俺でいけ」

命じる雄の声が腰に響き、淫液がぴゅろりと漏れる。

「あっ……」

「お前は普段はシスコンの宮だが、ベッドの中ではお漏らしの宮だな」

紫苑はあでやかに笑んで、しどけなく口を開いているそこへ熱塊をあてがう。

肌の表面と内側の粘膜を、同時にじゅっと灼かれる。星華は足先を丸め、挿入の瞬間の衝撃に備える。

「——お、お前は、うなぎ王子のくせにっ」

「俺はうなぎ王子で、お前はお漏らしの宮か。陛下に申し上げれば、似合いの夫婦になるとお褒めくださるかもしれないな」

冗談なのか、本気なのかわからない紫苑の発言以上に、肉襞の表面をくいくいと押しながらも中へ入ってこようとしない雄の動きに心を乱され、星華はきつく眉を寄せる。

「痴れ者めっ。ぜ、絶対に、そんな、こと、や——、あああっ!」

抗議の最中に、肉環をずんっと浅く突き刺された。亀頭の半分ほどをめり込ませて侵入をとめる中途半端な攻めに、星華は背を仰け反らせる。

「言い忘れていたが明後日の夜、お前を連れて参内するよう仰せつかっている。その髪、それまでに染め直しておけよ。そういう色も悪くはないが、お前にはやはりつややかな漆黒が一番似合う」

「い、いま……、言う、なっ」

切れ切れの声を発して眉間の皺を深めたとき、亀頭の一番大きな部分が肉環をゆっくりとくぐった。

「——は、あ……、ぁ、んっ」

凶悪な太さに張り出した亀頭冠の形に襞が伸びきり、圧迫感と共に眼前が白むような深い快楽が湧き起こる。

「お前の一番好きな俺のカリだぞ、星華。存分に段差を味わえ」

言って、紫苑は亀頭部分だけの抜き差しを始めた。

「ひぅっ。あ、あ……っ。あっ、あ……！」

亀頭のぶ厚いふちに引っかけた襞をぐぽっと弾き上げて出ていった次の瞬間、熱くて硬いペニスの先端が再びずぶんとめり込んでくる。

肉襞をめくられては巻きこまれ、浅い箇所を張り出した硬い部分でごりごりと擦られる。

乱暴なまでに激しい動きに星華は翻弄され、あられもない嬌声を上げた。

「あああ……、あぁん！　あっ、あっ！」

「たまらないな、星華。ペニスの先を、お前の中で溶かされているようだ」

獰猛な獣めいた笑みをしたたらせ、紫苑は律動を小刻みに、けれども凄まじく速いものにする。

「ひぁ！　ああっ！」

一瞬ごとに、肉襞を嬲る方向が変わる。ペニスの先端がずぽずぽと激しく後孔の肉環を出入りする振動が体内に響きわたり、星華は腰を浮かして悲鳴を散らす。

「星華。俺のカリはいいか？」

「あ、あ、あ……。いいっ、いい……っ。紫苑、紫苑……っ」

陶然として返し、うごめく粘膜をそれにきつく絡ませると、粘膜を押し広げる充溢感《じゅういつかん》がさらにみっしりとしたものになる。

肉襞が裂けてしまうような気がして、星華はシーツをかきむしる。

「——ああっ！　し、おん……っ、そんな、大き……、大き、すぎぃ……っ！」

腰を揺すり、腫れ上がったペニスを陰嚢ごとぷるんぷるんと躍らせて悶えた頭上で、紫苑が息を呑んだ気配がした。

「お前の放つ男殺しのフェロモンは、もはや猛毒級だな、星華」

苦笑を落とし、紫苑は腰をねっとりと回した。浅い位置で留まっている亀頭が右へ左へと大きく円を描く動きを見せ、吸いついていた粘膜をいびつな形に引き伸ばす。

秘所の入り口をこれでもかと広げられ、歓喜の炎に肌を灼かれながら星華は極まった。

「あああぁ——！」

痙攣するペニスからびゅしゅんと白濁が噴き上がった瞬間を狙いすましたかのように、

怒張が収斂していく隘路を串刺しにした。

「――ひっ、あぁっ！」

きつく狭まる粘膜を撥ね返し、雄の怒張はずぼ、ずぼ、ずぼっと勢いよく沈みこんできた。強く脈動してあからさまに形を凶暴なものに変貌させ、熱い精液をびゅろろろっと大量に撒き散らしながら。

「あああ！　紫苑、紫苑っ！　出てる、出て、る……っ！　うそ……っ、あっ、あっ、あっ……、硬い、硬い……っ、大きいっ！　ああっ、大きい！」

激しく引き攣っていた射精中の肉洞を荒々しく貫かれる鋭い愉悦と、どんどん膨張してゆく熱塊に内部をどっしりと濡らされる感覚。それらを同時に味わわされ、星華はわけがわからなくなる。感じたままをただ叫び、夢中で空を蹴った。

「い、やぁ……。なん、で……、まだ出て……っ。あっ、あ……っ、そんな、そんなっ、深いっ！　紫苑、深い！　そんな、奥に……、かけたら……っ、あああ！」

一体、いつまで続くのか、紫苑の射精はまだとまらなかった。

いつもよりずっと奥深い場所でしとどに射精されつつ、媚肉をごりごりと掘りえぐられる。一緒に思考までをも梳られてゆくようで、甘く痺れた足先がひくんひくんと跳ねる。

あまりに大きな快感が怖くなり、星華は力の入らない腕で必死にずり上がった。けれども、そのつど強引に引きずり下ろされ、逃げたぶんだけ突き上げられた。

「ああっ！　ああっ……、あああぁ！」

「逃げるな、星華。何も考えられなくなりたいんだろう？」

星華の両脚を抱え、紫苑が腰をぐりぐりと密着させ、押し回し、浅い出し入れを二度、繰り返す。

「あ、あ、あ……」

雄の長い射精がようやく終わった。逆巻いた精液が結合部の隙間から大量に漏れ出ているのを感じ、背がぶるりと震えた。

「星華……」

吐息のような声で星華の名を呟いた獣が、亀頭のくびれた部分をぬかるむ粘膜に擦りつけてくる。あれほどの量の射精を終えても、そのペニスは太くて硬かった。

媚肉を擦る動きがやけに猥りがわしく、「あ」と思った瞬間、猛々しい抽挿が始まった。

「——ああっ！」

抜ける寸前まで引き出された長大なペニスが、一瞬の間も置かずに肉襞を巻きこんでずぽっと深く埋まる。ぐっぽぐっぽと重く響く突きこみを苛烈な速度で繰り出され、星華は色めく悲鳴を高く上げる。

「ああぁ！　紫苑、紫苑……っ、やめ、やめ……っ。いや、ぁ……っ、あん！」

「痛いのか、星華」

獣の腰遣いを少しも収めず、肉筒を獰猛に突き上げながら紫苑が尋ねてくる。

「――っく、ない、けど……っ。あ、あっ、それ、それ……っ、いやぁっ！　は、ぁっ、あ、んっ！」

「いいのか、嫌なのか、どっちだ？」

感じる場所をごりりと強くえぐった肉の切っ先が、内奥をどすんと穿つ。

いいと叫んで、星華は半勃ちのペニスからぴゅうっと淫水を散らす。

「なら、もっとあんあん喘いで、いい声を聞かせてくれ」

抱えていた脚を下ろした紫苑が星華の顔の両脇に手を突き、腰の動きを今まで以上に容赦のないものにする。

「ああんっ！」

ペニスの激しい抜き挿しに合わせて、身体も視界もベッドも大きく揺れた。

星華を貫き、串刺しにしながら、全身の筋肉を美しく躍動させる雄の汗が、滴《したた》り落ちてくる。攪拌される内部で放たれた精液がぐちぐちと泡立ち、ずっしりと重い陰嚢に肌をしたたかに叩かれる。気持ちがよすぎて、もうどうしようもなかった。

脳髄を震わせる強烈な歓喜の波に溺れ、なかば放心しかけていたとき、それは唐突に訪れた。射精欲でも尿意でもない、しかしひどく切羽詰まった何かだ。

「――やっ、紫苑。やめ、ろ……、やめ……っ！」

のたうち、逃げを打った星華の腰を、紫苑がシーツの上に縫いつけるかのように深く突き穿つ。

「ああっ」

「無理だ。俺の下半身は真性暴走中につき、とまらない」

あでやかなのにどこか凶悪な笑みを唇に乗せて言い、紫苑は爛熟した内壁をじゅぼぼぼっと攪拌する。

腰が浮き上がる強烈な愉悦に、星華は「ひぅっ」と眉根を寄せる。

「――あっ。ば、か……っ！　本当に、やめ、ろっ。動くなっ、抜けっ、抜いてくれ！」

「中がびくびくうねってるな。またトイレか？」

「あぁっ。ち、ちが……う。けど、何、かが、来る……っ。あっ、あっ、あぁ……！　紫苑っ、来る！　あぁっ……、出そう、出そう！」

「出せよ、星華」

甘い毒のような囁きに唆《そそのか》されたが、星華は咄嗟に自身の屹立を握って首を振る。

酷くしてほしいと求めたのは確かに自分だけれど、まったく未知の感覚に本能が怯えている。それに、自分のペニスが何を出そうとしているのかわからないだけに、紫苑の前でこの緊迫感を解放してしまうのが恥ずかしかった。

発情しきった獣の攻めからどうにかして逃げたくてシーツに爪を立て、よじった身を突然荒々しくひっくり返された。そのまま抱きかかえられ、紫苑の脚の上に座らされる。

肉筒にずっぽり埋まっていたペニスが、角度を変えて粘膜を擦った。その刺激に星華は仰け反った。屹立の根元を懸命に握り締め、突き上がってきた何かを押し戻そうとする。

「――んっ、ぅ……っ。ふ、ぁ……んっ」

「星華、出したいんだろう？　思いきり出せよ、ほら」

紫苑の片方の手が乱れた衿《えり》の中へ入りこんで乳首をつまみ、もう片方の手が陰嚢を握りこむ。

「あぁあっ。い、いや……ぁ」

「どうして？」

怖い、恥ずかしい、と星華は唇をわななかせる。

「一緒にいるのは、俺だぞ、星華。怖いも恥ずかしいも、ないだろう？」

ふっと笑った紫苑が星華の肉筒を深く突き上げ、陰嚢と乳首を捏ねた。

三箇所を一斉に攻められ、稲妻めいた狂おしい痺れが全身を駆け、屹立を握る指先から力が抜ける。

「――あぁあんっ！　いくっ、いくっ！　で、るぅ……っ！」

声の限りに叫んだとき、ペニスの先からぷしゃあぁと何かが激しく噴き出る音がした。

「あぁっ！」

　脳裏で快楽神経が焦げつきそうになる愉悦が弾け、背を突っ張らせて身悶えた星華の耳もとで紫苑が低く呻く。直後、体内の怒張が大きく脈打ち、容積を縦にも横にもぐっと増す。星華の肩や背を包む男の筋肉も、硬く強張る。

「――っ、星華、俺も、出すぞ」

　ぞろぞろと凄まじい勢いで波打って痙攣している粘膜に、びゅびゅびゅっと熱い粘液が叩きつけられる。しかも、間を置かずにごりごりと動き出したペニスに白濁でぬかるむ肉筒をかき混ぜられ、一瞬眼前が白んだ。

「あ、あ、あ、あ……」

　ゆさゆさと揺さぶられながら、星華はただ呆然と眺めた。自分のペニスが、透明な淫液を呆れるほど遠くへぴゅんぴゅんと飛ばしているさまを。

　月光に照らされてきらきらと輝くそれは、なぜか美しいものに思えた。深すぎる快楽に思考が侵され、少しおかしくなっているのかもしれない。

　やがて噴出がやむと、紫苑がペニスを軽く振って秘裂から滴る液体を切り、星華の頬に口づけた。

「絶景の潮吹きだったぞ。さすが、お漏らしの宮だな、星華」

「……し、お？」

　言葉の意味が理解できず、星華は息を弾ませながらまたたく。

「今のは、何だ……？」

「人体の神秘。もしくは、俺とお前の愛の証」

「……意味がわからぬ。具体的に言え」

「現代の医学では、あれの成分はまだ解明されていない。尿かもしれないし、精嚢《せいのう》や前立腺で作られている液体かもしれない。まあ、何にしろ、俺とお前の愛の証には違いない。俺の愛をお前が受け取り、よくてたまらないと感じたときに、噴き出るものだからな」

言いながら、紫苑は星華から身を離す。

ぶりんと雄が肉環から抜けたあと、星華のそこから泡立つ白濁がどっと漏れ出てくる。

「あ……」

雄の精液に肌を舐められる感触を、はっきりと快楽だと認めてざわめく身体を、仰向けにされる。自《おの》ずと開いてしまった脚のあいだに、紫苑が入りこんでくる。

「お前が女だったらと考えたことは一度もないが、こういう姿を見ていると、やはり男でよかったと心底思う」

星華の後孔から漏れてくる白濁を、容積の少しも衰えていない肉の楔の切っ先で掬い上げ、紫苑は艶然と微笑む。

どうしてだ、と星華は上擦る声で問う。

「こんなに相性のいい身体だ。もし、お前が女なら中出しを一度しただけで、即妊娠するはずだ。自分の子供とお前を取り合ったり、本気で嫉妬したりするようなみっともない真似はしたくないから、お前が男で本当によかった」

「……馬鹿」

喜んでいいのか、呆れていいのかわからない言葉を真顔で告げた男を見つめ、星華は吐息を震わせる。

「愛してる、星華」

「俺も、お前を愛している……」

紫苑と愛し合える幸せを改めてかみ締めたとたん、熱いものがこみ上げてきた。

「お前だけだ。一生、お前だけが好きだ、紫苑」

涙ぐむ声をこぼした刹那、いきなり肉環を貫かれた。

熱い楔が突き入ってくる凄まじい勢いで入り口の肉がひしゃげ、露骨に淫らな水音と共に接合部の隙間から白濁が四方へ飛び散る。

「あぁん！」

「星華っ」

内奥を重く突き上げた獣の腰に、星華は脚をきつく絡ませる。

「紫苑、待て。しばらく、このままでいてくれ。頼む」

「さすがに疲れたか？」

紫苑は笑って、亀頭のふちで戯《たわむ》れるようにゆるゆるととろけた媚肉を擦る。

「んぅっ……。そう、では……、ないが、お前の形を、ちゃんと、感じたい」

言うと、ぬかるむ肉筒の中で紫苑の太いペニスがあからさまに膨張した。それはまるで何かの生きもののようにびくんびくんと脈打って躍り、粘膜に振動を強く響かせた。

「……お前、本当にうなぎだな」

「俺がうなぎ王子だと嫌か？」

お前がお漏らしの宮で俺は嬉しいのに、と耳朶を舐められ、星華は「馬鹿」と目もとを赤らめる。しばらくのあいだはただ黙って抱きしめ合っていたが、やがてごそりと身を起こした紫苑が星華の乱れていた衿を少し乱暴に広げた。

自分でも驚くほど尖り勃っていた乳首がつままれ、こりこりと引っかかれる。

「――あっ、は……ぁっ」

「星華。今度、女ものの着物を着て、帯を解かせてくれ」

「……何？」

「時代劇で見たことがないか？　暴君な殿様が嫌がる腰元に襲いかかって、帯を無理やりほどくシーン。誰にも言ったことはないが、あの『帯くるくる』を実は一度やってみたかったんだ」

どうにもくだらない夢を嬉々として語り、自分の乳首をいじる男に「痴れ者め」と返そうとして星華はふと気づく。

放尿プレイ。馬上セックスに野外セックス。結合してのヴァイオリン演奏。

いくら変人令嬢とは言え、それらを瑠璃子《るりこ》が提案したとは考えにくい。だとすれば、紫苑自身が望んだ行為ということになる。

――もしかして、と星華は息を呑む。ひょっとすると紫苑は「うなぎ王子」というよりむしろ、世間一般で「変態」と呼ばれる類の生きものなのかもしれない。

「紫苑。お前――」

咄嗟に確かめようとして、しかしすぐに考え直す。

たとえ紫苑の真の姿が「ど」のつく変態であったとしても、自分が本気で嫌がることは決してしないはずだ。それに星華自身、今までの数々の行為をおかしいと思いつつも嫌悪しなかったどころか、いつも最終的には身も世もなく感じて乱れていた。ならば自分も紫苑と同類ということになり、「帯くるくる」もきっと愉しんでしまうだろう。

つまりは紫苑が変態であろうとなかろうと特に不都合はないのだから、どちらでもいいと星華は思った。

「何だ、星華」

星華の乳首をぴんと弾き上げ、紫苑はやわらかく笑む。

何でもないと答え、星華は体内の雄を締めつける。

「無事に結婚まで漕ぎつけたら、どんなプレイでも好きなだけ、つき合ってやる」

「それは楽しみだ」

破顔して紫苑は星華を突いた。

「あっ」

紫苑の筋肉が躍動をはじめ、その獣の腰遣いが星華の官能にまた火をつけた。

この上ない幸福と快楽の波に深く揺られながら、星華は高く喘いだ。


二日後、星華《せいか》は研究所での勤務を終えたあと参内した。

指定された時間よりもだいぶん早く皇城に着いたので、紫苑《しおん》と落ち合う約束をしている控えの間への案内を侍従に請う前に、奥庭へ足を向けた。

紫苑と出会った場所を、ひとりで歩いてみたかったのだ。

広大な奥庭は夕陽《ゆうひ》に照らされ、何もかもが赤く染まっていた。ここへ来るのはあの日以来だ。もしかしたら目的の場所にたどり着けず、迷子になるかもしれないと思っていたけれど、不思議なことに足が勝手に動いた。

アベリアの並木を通り抜け、池に架かった太鼓橋を渡り、白い花ばかりが集められた「白の庭」へ入る手前の細い路を西へ向かう。夕陽の眩しさに目を細め、濃い緑の匂いが溶けこんだ空気に包まれてしばらく歩くと、沈丁花の茂みが現れた。

歩みを速めた直後、そのそばにそびえるミモザの木に誰かがもたれて煙草を吸っているのに気づく。星華は立ち止まって、双眸を細める。

最初は逆光でよくわからなかったけれど、遠目からでも素晴らしく均整の取れた体軀であることが見て取れるシルエットは、紫苑のものだ。

「何だ。お前も来たのか、星華」

近づいてきた星華の気配を捉えて笑った紫苑は、サングラスをかけていた。

「……ああ。ここ、煙草を吸ってもいいのか？」

「マナーを守れば」

言って手の中の携帯灰皿を見せた紫苑は、星華が隣に立ってもサングラスを取らない。

軍服姿は見慣れていても、そこにサングラスと煙草が一緒になっているところは初めてだ。何だか知らない男のように思えて、星華は変にそわそわしてしまった。

「……サングラス、外せよ」

「中へ入ったらな。ここでこれを外したら、夕陽が眩しくて俺の大事なお漏らしの宮の麗しのかんばせがよく観察できなくなる」

「馬鹿……」

昨夜も盛大に潮を吹き、紫苑を悦ばせた痴態がまざまざと脳裏に蘇《よみがえ》り、星華は赤面してうつむく。そして、ふと思い立って尋ねてみた。

「ここへはよく来るのか？」

ああと答えて、紫苑は細く紫煙を吐く。

「あの沈丁花の茂みから、またいつかお前が出てきてくれるかもしれないと夢想して、馬鹿みたいにしょっちゅう来てた。お前は？　もしかして、あれっきりか？」

「ああ。ここに来れば、お前がいるような気がして……」

「それもある種の両想いだな」

紫苑は笑い、煙草をもみ消す。

「若い頃にお前を手に入れていれば俺はきっとお前に溺れきり、それを周囲の大人たちに勘づかれて、陛下と俺の母のように引き離されたかもしれない。だから、たぶん俺たちの恋が最良の形で成就するには時間が必要だったのだろうし、この十八年を無駄にしたとは思わないが……」

そこまで言って、小さく息をつき、紫苑は星華の耳もとで囁いた。

「十代のお前を一度、抱いてみたかった」

「……お前の頭の中には、セックスのことしかないのか？」

少し呆れて眉を寄せると、「そんなことはない」と紫苑が肩をすくめる。

「お前を幸せにすることばかりを考えている」

強く響いた声音が胸に沁み入り、眦がじわりと熱くなる。

「陛下が望まれるように、俺たちの結婚が無意味な派閥争いに終止符を打つものになればいいが、何百年も続いてきた伝統を一朝一夕にそう上手くは打破できないだろう。親族との仲が悪化するかもしれないし、婚約を発表すればマスコミに追い回されて辛い思いをさせるかもしれない。だが、何があっても俺がお前を守る。必ず幸せにする」

「紫苑……」

声を震わせた星華の前で紫苑がサングラスを外し、跪《ひざまず》く。

「陛下にお目にかかる前に、もう一度ここでお前の気持ちを聞かせてくれ、星華。俺と生涯を共にしてくれるか？」

眩しげに細められたアメジストの双眸にまっすぐに見据えられ、星華は息を詰める。

「当たり前だ……。当然ではないか。俺の心はもうお前のものなのだから」

ともすればかすれそうになる声で必死に言葉を紡ぐと、眼下の美貌に花のほころびを思わせるあでやかな笑みが浮かんだ。

ゆっくりと立ち上がった紫苑の腕に、きつく抱きしめられる。

星華もその広い背を、迷わず抱きしめ返す。

「誰かに見られたら大騒ぎだな、星華」

どこか楽しげな声音が、頭上から降ってくる。

「どうせ、そのうち国中に知られるのだから、かまわない」

幼い子供だったあの日に魅入られた星のように美しく輝くアメジストの眸を星華は見つめ、どちらからともなく口づけた。

そして、互いの心に初恋が芽生えた場所で永久《とわ》の愛を誓った。

あとがき

軍人で殿下なエロが書きたいなーと妄想してこの話の原型が生まれたのは、デビュー直後の五年前でした。そして「馬にふたり乗りしている最中に背後から挿入で合体！　とかありですか？　こう書くとギャグですが、ロマンチックなシーンです。本当です」的な馬鹿なメールを担当様に送りつけたりしながらプロットを作ってから、夏が二度過ぎてしまいました。多方面にご迷惑をかけまくり、穴があったら埋まりたい、川があったら流れていきたいな日々を悶々と送っていたさなか、人生の転換点となった日がありました。

去年の秋空高しなある日のことです。とある部分がとっても「やばいよ、やばいよ！」な感じになり、病院に行くことにしました。家から百メートルも離れてないので徒歩で。しかし、病院まであと十二歩くらいというところまで来て、動けなくなりました。助けてくれそうな人はおらぬ、徒歩十二歩の距離ではタクシーにも乗れぬ、で私は途方に暮れました。そして脂汗と潰された蛙《かえる》のような呻き声を垂れ流しながら困ることしばし、ふと「あれ、何かこれデジャビュ」と気づいて思い出しました。昔々の学生時代、生温《なまぬる》い室内に一晩放置したおにぎりを何も考えずに平然と食して具合を悪くし、病院へ駆けこもうとして、まさにこの同じ場所で動けなくなったことがあったのです。で、それを皮切りになぜか、「団塊」を「男○」と言い間違えていることに最後まで気づかず○根を連発し「男○しか頭に残らなかった」と言われたゼミ発表や、私は「変な人が多い」と言われていた科に所属していたのですが「変とか失礼しちゃう。私たち、とっても普通なのにね」と友人と一晩かけて自分たちがいかに普通かの証明をし合い、翌日他の科のおしゃれ女子にどや顔でそれを突きつけたら「普通の人は自然体で普通だから普通である証明なんてしないのよ！」と高笑いの返り討ちに遭ったこととか、学生時代のアホすぎて涙が出る思い出が次々と蘇って頭の中をぐるぐるしました。私は「何これ、走馬燈《そうまとう》？　人生の走馬燈？　私、今、本気でヤバいの？」とかなり狼狽えました。

病院はすぐ目の前なので叫べば誰かが気づいてくれたかもしれませんが、どう頑張っても出るのは脂汗だけで、その時私は携帯を持っていないことを心の底から後悔しました。家に忘れたのではなく、買ったこと自体が一度もなかったのです。機械がてんで駄目なのを「私はあえて時流に逆らうの」と中二病を装ってごまかしたり、寝坊した朝、「待ってぇぇー！」と叫べば停留所から発車しかけの電車が止まって待ってくれる田舎《いなか》で（注：今もそうなのかは分かりません）育ったせいで「緊急時には叫べば万事解決」と思っていたりで。

　しかし、本当の緊急時には叫びたくても叫べないと学び、症状がちょびっと治まったすきに某Gのようにささっと這って病院に辿りつき、何とか無事生還した私は携帯ショップへ行き、緑のガラケーを買いました。買ったものの、もう笑うしかないくらい使い方がわからず、さっぱり扱えないので携帯の連絡先を誰にも言わずに一年近くが経とうとしていますが、一応所持はしているのでこれで私も偽中二病を卒業し、現代人の仲間入りを果たしたのです。

　そんな私的（今のところ）最大の人生の転換点を経験しつつ執筆した本作をお手にとっていただき、ありがとうございました。

　素敵なイラストを描いてくださった緒笠原《おがさわら》くえん先生はじめ、本作に関わってくださった全ての皆様にも感謝いたします。特に女神様としか思えない担当様には、いくら感謝してもしたりません。本当にありがとうございました！

　どうかまた皆々様とお目にかかれますように。

鳥谷《とりたに》しず（Twitter始めました）

作家・イラストレーターの先生方へのファンレター・感想・ご意見などは
〒101-0063東京都千代田区神田淡路町2-2-2
白泉社花丸編集部気付でお送り下さい。
編集部へのご意見・ご希望などもお待ちしております。
白泉社のホームページはhttp://www.hakusensha.co.jpです。

花丸文庫 BLACK

皇軍恋詩《こいうた》 紫の褥《しとね》、花ぞ咲きける

2015年10月25日　初版発行

著　者　鳥谷しず ©Shizu Toritani 2015

発行人　菅原弘文

発行所　株式会社白泉社
〒101-0063 東京都千代田区神田淡路町2-2-2
電話 03(3526)8070［編集］
電話 03(3526)8010［販売］
電話 03(3526)8020［制作］

印刷・製本　株式会社廣済堂
Printed in Japan　HAKUSENSHA
ISBN978-4-592-85136-3

定価はカバーに表示してあります。

好評発売中　花丸文庫BLACK

★忘れたい、でも忘れたくない、この想い！

初恋迷宮

鳥谷しず　イラスト＝蓮川 愛　●文庫判

初恋の男に残酷な拒絶を受けてから8年。雪人は異動先の京都府警本部で、その年下の相手・宝坂が上司として現れたことに愕然とする。捨てきれなかった恋情は再燃するが、宝坂の左手薬指には指輪が…!?

★お前を必ず取り戻す……運命の恋。

Calling

かわい有美子　イラスト＝円陣闇丸　●文庫判

特殊能力を持つ情報捜査工作員の怜は、バーチャルSEXの途中に突然現れた見知らぬ男から「君を探していた」と口づけされる。その男が3週間後、同盟関係にある軍の医師として実際に目の前に現れ…!?

好評発売中　花丸文庫BLACK

★死への覚悟を、愛する覚悟に変えて…。

メメント・モリ

英田サキ　イラスト＝yoco　●文庫判

メキシコの麻薬カルテルのナンバー2、リカルドに育てられ、彼の命ずるまま暗殺者となったアキ。追っ手から逃げる途中に出会った元アメリカ軍人のエディに初めての安らぎを見いだし、惹かれるが…!?

★社長の「秘密」に気づいてしまった…。

双子《ふたご》の供物《くもつ》

水戸　泉　イラスト＝yoshi　●文庫判

有名企業に入社したその日に、美しくも謎めいた社長・桐島の秘書に任命された和貴。戸惑いながらも彼の仕事ぶりに心酔するようになるが、桐島の様子が日ごとに少しだけ違うことに気づき…!?

好評発売中　花丸文庫BLACK

★美しいお前…心からの感情を見せてくれ！

処女執事 ～The virgin-butler～

沙野風結子　イラスト＝笠井あゆみ　●文庫判

「処女執事」と呼ばれる特殊な存在の己裕は、主人の則雅に献身的に仕える日々を送っていた。秘密を見抜いた則雅の学友・サイは策を弄して彼を奪い取り、さらには性的にも支配しようとするが…!?

★「親友」では駄目なのか？　旧制高校ロマン！

桜ノ国 ～キルシュブリューテ～

水無月さらら　イラスト＝宝井理人　●文庫判

子供のころに書生に弄ばれた過去がもとで、ひどい男性恐怖症になった文弥。寮で同室となったハーフの上級生エルンスト・惣一郎は、おどおどする文弥を見て、自分の家来にすると言い出して…!?